그런 봄날 있었다
ⓒ성북문예창작회, 2019

1판 1쇄 인쇄 | 2019년 04월 15일
1판 1쇄 발행 | 2019년 04월 20일
지 은 이 | 성북문예창작회
펴 낸 이 | 이영희
펴 낸 곳 | 이미지북
출판등록 | 제2-2795호(1999. 4. 10)
주   소 | 서울 강동구 양재대로122가길 6, 202호
대표전화 | 02-483-7025, 팩시밀리 : 02-483-3213
e - mail | ibook99@naver.com

ISBN 978-89-89224-46-4 03810

이 도서의 국립중앙도서관 출판예정도서목록(CIP)은 서지정보유통지원시스템 홈페이지
(http://seoji.nl.go.kr)와 국가자료종합목록시스템(http://www.nl.go.kr/kolisnet)에서 이용하
실 수 있습니다. (CIP제어번호 : CIP2019013868)

그런 봄날 있었다

성북문예창작회

이미지북

—

목화송이 피어나듯

그랬다. 그것은 환희였다.

목화송이 피어나듯, 유지화 교수의 강의는 선물이었다.

회를 거듭할수록 우리들의 가슴에는 잠자던 감성이 살아나고, 인생과 사물을 보는 시각에 변화가 생겨나기 시작했다.

2015년 10월, 성북구청. 우리 인연은 그렇게 시작되고 있었다. 그 무렵 출간된『그대, 꽃으로 피고 싶은가』교수님 저서 또한 〈성북문예창작회〉 동인을 결성하게 한 원동력이었다.

우리는 문학을 깊이 있게 공부하고 싶어졌다. 장위동 주민자치센터에 글쓰기 프로그램 강좌 개설을 신청하였고, 2015년 겨울부터 열 명 정도의 인원으로 개강하게 되었다.

그로부터 3년이 지난 지금, 유지화 교수님의 열정적인 강의 덕택에 글쓰기에 관심 있는 분들, 삶을 사랑하는 많은 분들의 발걸음이 강의실로 향하고 있다.

매주 월요일, 우리 강의실은 온기로 가득하다.

모두가 사랑이다.

팔십이 넘으셨어도 모든 일에 적극적으로 도움을 주시는 형님, 독창적인 필력으로 특유의 글솜씨를 발휘하는 분, 신선한 주제, 재치 있는 문체로 매 시간 감동을 주는 분, 중병이 찾아들어도 씩씩하게 극복하는 분. 나이는 숫자에 불과한 분들, 어떤 여건에서도 긍정적인 분들─우리 성북문예창작회의 보배이신 분들. 따뜻한 마음으로 서로를 아끼며 이해하는 아름다운 만남에 감사드린다.

봄입니다. 『그런 봄날 있었다』 출간 앞에서
"좋은 글을 쓰는 일보다 더 중요한 것은 좋은 삶을 사는 것입니다."
교수님이 우리에게 강조하신 그 말씀을 생각합니다.

간직하고 싶은 책을 만들어 주신 이미지북의 오종문 대표님, 고맙습니다.
멋진 사진으로 작품을 빛내 주신 임연웅 작가님, 감사합니다.
수려한 표지화로 책의 생명력을 더해 주신 심재성 화백님, 감사합니다.
제호를 아름답게 써 주신 김명자 선생님께도 고마움을 전합니다.

2019년 봄
성북문예창작회 회장 이정자

차 례

여는 글_ 4

**해오름
뜰**

김영란 황혼의 애수_ 14 내가 나를 모르는데_ 15
남아 있는 길_ 16 기다리는 약속_ 17
갈잎의 노래_ 18 거기서 거긴데_ 19
카르멘의 춤_ 20 내 인생의 봄날_ 21

김치순 나_ 24 산벚꽃_ 25
청춘과 노년_ 26 어울림_ 27
보물 창고_ 28 사는 동안_ 29
내 인생의 봄날_ 30 내 인생의 멘토 아버지_ 31

노옥자 사랑의 강물_ 34 하늘의 메시지 '용서'_ 35
5월의 기쁨_ 36
딱 한 번 소리 내어 하고 싶은 말_ 37
환희의 첫눈_ 38 어머니, 나의 어머니_ 39
빨간 동그라미_ 40 나의 봄날_ 41

백영욱 나의 노래_ 44 아무것도 아니야_ 46
떠나는 사람_ 48 떨어진 은행잎_ 49
마음의 종_ 50 그리움_ 51
호수에서_ 52

그   런   봄   날   있   었   다

달오름
뜰

신찬우 가을 사색_ 56   윤달의 풍속_ 58
          우물 두레박_ 60   나는 나를 사랑한다_ 62
          내 인생의 봄날_ 64   감나무집_ 65

양순자 동백꽃 같이 아름다워라 동백꽃 같이 서러워라_ 68
          시집 보낸 엄마 마음_ 69   나처럼 산다면_ 70
          애착_ 72   자식이 뭐길래_ 73
          내가 살아보니까_ 74   하늘땅따먹기_ 75

이여니 날개_ 78   무장 해제_ 79
          박꽃_ 80   다가가기_ 81
          시간을 뒤로_ 82   선고_ 83
          가을 그림_ 84   내 인생의 봄날_ 85

이의숙 아팠다_ 88   별이 내리는 밤_ 89
          커피나무_ 90   엄마가_ 91
          기도가 하늘에 닿은 날_ 92   시계_ 94
          내 생애의 봄날_ 96

물오름 뜰

이정자 대천 바닷가_ 100   메달을 걸고 다니신 어머니_ 101
그리움_ 102   새벽을 열며_ 103
새로 쓰여질 내 인생의 명장면_ 104
엄마의 쌈지돈_ 106   나는 사랑방 주인_ 107
내 인생의 봄날_ 108

장정복 사회에 꼭 필요한 사람이거라_ 112
북서울 꿈의 숲_ 113   엄마 목소리_ 114
손녀 졸업식_ 115   성균관 예절 교육_ 116
삶이 강물 되어_ 118   내 인생의 봄날_ 119

임양재 그냥 믿어요_ 122   결혼_ 123
귀뚜라미_ 124   가을아 세월아_ 125
내 인생의 봄날_ 126   동기생 지예인_ 127

이춘명 나는 안다_ 134   만났습니다_ 135
한 사람_ 136   오늘 사랑_ 137
상자 텃밭_ 138   동방고개_ 139
내 인생의 봄날_ 140   힘들어도 괜찮아_ 141

타오름 뜰

정명숙 산길을 가다가_ 146 거울 속의 나를 보며_ 147
작은 천사_ 148 틈새_ 149
솔잎을 따다가_ 150 내 인생의 봄날_ 151
창호지 바르던 날_ 152 쌀 씻는 소리_ 153

조성악 잠자리채_ 156 게임_ 157
해바라기_ 158 제비꽃_ 159
뜨락에서_ 160 스승의 날에_ 162
이 청년의 봄날_ 164

조애경 내 인생의 축복_ 168 묵은지 같은 사람_ 169
치자 열매_ 170 꽃무늬 원피스_ 171
속삭이는 자작나무_ 172 장수 돌침대냐?_ 174
송혜교 정말 예쁘다_ 176

한상천 별난 칠순_ 180 나에게 물어본다?_ 181
그땐 그랬는데_ 182 이별의 기다림_ 184
호박죽의 멜로디_ 186 내 인생의 봄날_ 187
회상_ 188

초대의 뜰

유지화 그런 봄날 있었다_ 192
꽃의 서시_ 194
벚꽃, 달빛을 쏘다_ 196
사람이 그립다_ 198

자작나무 정상회담_ 193
인생 동화 동창회_ 195
정조를 그리다_ 197

해 오 름 뜰

김영란 · 김치순

노옥자 · 백영욱

삶의
풍경이 되어 버린
오늘
살아 있음에
감사하자

김영란

황혼의 애수

안 본 그 사이
많이들 달라졌더이다
비대해진 나잇살
깊어진 주름 가는 세월
목에 감고 배냇짓 한다

녹슨 감성 끌어내
목청껏 노래 부르지만
마음은 뜬구름
몸은 자갈밭
따로 논다

후미진 마음 골짜기
웅크린 날갯짓
자기 꿈에 족쇄 채우고
아낙으로 살아 온 길이
이제사 한스런 종점
노을이 섧다

내가 나를 모르는데

나는 누구인가, 어떤 사람인가?
묻고 싶은 밤이다

당당하고 씩씩하던 친구의 가슴 속에
납덩이처럼 가라앉은 아픔이 있다는 걸
전화를 받고서야 알았다

친구야, 분신처럼 키운 자식들이
우리를 몰라 준다고 실망하지 말고
서운해 하지 말자

내가 나를 모르는데
자식인들 어찌 우리 속을 알 수 있으랴

삶의 풍경이 되어 버린
만원 버스에 짐짝처럼 실려가도
오늘 살아 있음에 감사하자

나팔꽃처럼 환하게 웃으며
우리 앞에 나타날 친구야
감동적인 교향악의 코다처럼
멋지게 휘날레를 장식하자

남아 있는 길

북한산의 새벽 운해
걷히는 아침
한 치 앞도 안 보이는 안개 속을
뚫고 지나온 길이 꾸불텅하다

외롭고 쓸쓸한 겨울 들판
늙는 일에 초조하지 않을
웃음 지으며

용케도 남아 있는 길이 있어
간헐천의 물기둥처럼
한 번 더 태워볼 뜨거운 희원이 있다

기다리는 약속

비 뿌리는 창가
짚시 음악이 흐른다
식은 찻잔에
말갛게 떠 있는 얼굴
청잣빛 하늘에
초승달 닮았다

물안개 올라오는 강가
갈대 숲을 그리던
금이,
나는 그림 그리고
너는 피아노 치고
우리 잘 돼서 만나자고
손가락 걸며 비행기 탔던 금이,
기다림의 골이 깊어만 간다

비 오면 더 그리운 친구
어디서 어떻게 지내고 있을까
풋보리 비벼 먹던
청보리밭
빗속을 뛰어 가던 웃음소리
비에 젖고 있구나

갈잎의 노래

가로수처럼 서 있는
망고 야자수
태국의 11월은
갈잎이 페어웨이에 가득 흩날렸다

습도가 낮아 단맛이 깊은
열대 과일
원색의 짙은 꽃들은
무르익은 여인의 향기로 다가온다

밤 바람에 물결치는 사탕수수밭
언덕에서 바라보는 꽉 상환의 시가지는
잘 사는 사람들의 부가
부나비처럼 명멸한다

잔디가 거친 필드
어린 자식들 밥 때를 걱정하는
케디의 서글픈 눈매가
서녘 하늘에 물든다

거기서 거긴데

살면서 병들지 않고
여기 저기 다니며
웬만한 것 보고
웬만한 음식 먹어 보고
웬만한 옷 걸쳐 보고
남의 눈 거스리지 않고
산수를 누리다 가면
잘 살다 가는 인생 아닌가
더 욕심 낼 게 무엔가
다 거기서 거긴데

카르멘의 춤

산꼭대기에 바람 부는 날이면
막연한 그리움 한 자락 끄집어 내
종이학을 접는다

그러다가 속 시끄러워지면
벌떡 일어나 마음은 들판을 향해 달린다

사후에 유명해진 비제의 카르멘
아름답고 매혹적인
영혼이 자유로운 집시여인의 격렬한 춤사위
보기만 해도 숨이 턱턱 막힌다

나는 그때 무용 선생님의 권유대로
춤을 췄어야 했을지 모른다
그랬더라면 카르멘의 자유와 절망적인
격렬한 춤사위 속에 묻혀
열정적인 삶을 후회 없이 잘 지냈을 것이다

혼신의 힘 다해 본 일 없이
길이 다한 곳에
사위어 가는 석양이 눈빛이다

내 인생의 봄날

잠시
발에 꼭 맞는 슈즈를 신고
학의 몸짓을 펼치던
발레리나의 꿈은
세상을 날아다니는 기분이었다

살면서
하나의 꿈만을 가지고
한 길을 갈 수는 없었을까
새벽 이슬 밟으며
연습실에 갇혀
미친 듯이 건반을 두드리던
베토벤의 열정적인 삶도
쇼팽의 낭만도
여름날의 선잠에서 깬
꿈이었다

땀과 눈물이 뒤범벅이던
그 때가 내 인생의
살맛 나는 봄날이었다

그 꿈

가슴에 묻고

오직 한길로

열심히 살았다

지금이

내 인생

최고의 봄날이다

나

가난한 집 큰딸로 태어났다
위로는 오빠, 아래로는 남동생

"남자는 평생 벌어야 하니까 배워야 한다"
아버지 말씀하시면서
다른 형제들은 다 가르치고 나만 희생양이 되었다

그것이 나의 평생의 걸림돌이요
한으로 남았다
그 소원을 놓지 못해 난 지금도
여기 기웃, 저기 기웃하면서 늘 배움을 갈망하며 산다
이렇게라도 살지 않으면 허전해서 못 견딘다

그래도 지금의 내가 싫지 않다
가끔은 '김치순 너 장해'
스스로를 위로해 준다

산벚꽃

봄비 머금은 만개한
산벚꽃

머금은 물 주체 못해
금세라도 떨어질 듯한
물방울

누구의 자태가
저리 고울까

운무에 휩싸여 울고 있는
산벚꽃

그 모습 환해, 너무도 환해
온 산하 밝히네

청춘과 노년

봄꽃은 화려하고 가벼운 느낌
가을 국화는 투박하고 무거운 느낌

우리네 인생사도 이와 같아서
젊음은 매사에 풋풋한 자신감

황혼은 인고의 세월 속에 다져진
삶의 무게로 피어나는 국화와 닮았네

어울림

산허리 휘감은 운무,
운무 머금은 산벚꽃
터질 듯 싱그럽고

나뭇가지 겨자씨만한 눈
화살촉처럼 준비하더니
봄비에 못 이겼나
슬그머니 싹 틔웠네!

연둣빛 새싹과 꽃과 운무,
봄비가 어우러져 만들어낸
자연의 작품

그 누구의 솜씨가
이보다 더 조화로울까
더 아름다울 수 있을까

봄비 촉촉이
대지 위를 적신다

보물 창고

뒷산은 나의 안식처
때로는 위로가 되어 주고, 때로는 동무가 되어 주고,
가진 것 다 내어 주는 언제라도 반겨 주고 포근하게 감싸 주는
어머니 품속 같은 정겨운 뒷산

살금살금 중턱쯤 오르노라니
씩씩한 잔대가 나를 반긴다.
잔뿌리 하나 상할 새라 조심조심 캐어 바구니 속에 쏘옥

허리 펴고 앞을 보니 커다란 병풍취가
"저도 여기 있어요" 인사한다
어찌나 반가운지 한 움큼 뚝 따 코에 대본다
쌉싸래하고 향긋한 취향이 온몸에 퍼지는 듯하다

자세히 보니 여기저기 취가 널려 있다.
정신없이 따다보니 어느새 바구니 가득, 이마엔 땀방울 뚝뚝

콧노래 흥얼거리며 산길을 내려오노라니
시원한 산들바람 불어와 이마에 땀방울을 씻어 주고
바구니 속 취향이 온몸을 감싸 내 몸에 피로가 확 풀리는 듯

뒷산은 나의 보물 창고다

사는 동안

그냥 좋다

월요일 문창반 문우님들
교수님 명강의 내 마음 봄길 되고

화요일 한문반 학우님들과 더불어
똑소리 나는 선생님의 가르침 나의 머리
채워주어 좋고

신나는 댄스 시간 나의 건강 지켜주어 좋다
무엇보다 주위에 좋은 분들 만나면
행복지수 최고

사는 동안 이렇게 살고프다
이렇게 살고 싶다

내 인생의 봄날

왜 그랬을까
이유는 알 수 없다
여섯 살 때로 정확히 기억한다
변호사가 되어 유전무죄 무전유죄
약자 편에 서서 도와주는 삶을 늘 꿈꾸었다

하지만 지독한 가난과 가족보다
늘 친척들 먼저 챙기시는 아버지
도저히 꿈을 펼 수가 없어 서울로 상경
향학의 꿈을 이루려 온갖 노력을 했지만
의·식·주를 해결해야 하는 19세 소녀에게는 역부족

그 꿈 가슴에 묻고
오직 한길로 열심히 살았다
이순을 바라볼 즈음
어디 내놓아도 부끄럽지 않을 아들과 딸
이제 가슴 한 구석에 접어놓았던
향학의 꿈 곱게곱게 펼치고 있다
영어, 한문, 문학…

뿌듯하다
지금이 내 인생 최고의 봄날이다

내 인생의 멘토 아버지

정 많고 부지런하신 어머니와 냉정하고 지혜로우신 아버지 사이에 우리 육남매가 태어났다.

여섯 살 되면 젓가락질을 가르쳐 주시고, 일곱 살 때는 한글과 숫자 100까지 깨우쳐 주셔서 학교 입학을 시켰다.

학기 초, 학기 말에는 담임 선생님 꼭꼭 찾아뵙고 식사 대접하시며 감사의 마음을 전하셨다.

손님이 오시면 융숭한 대접 잊지 않으시고 차비도 꼭꼭 챙겨드렸다.

학교를 졸업하자, "사람은 낳아서 서울로 보내고 망아지는 낳아서 제주도로 보내야 한다."며 우리 육남매 모두를 서울로 올려보내셨다.

또 사람은 "오너를 해야 크는 거다." 말씀하셔서 나는 스무 살, 오빠는 스물세 살에 가게를 시작해 평생 오너를 하고 살았다.

내 인생의 멘토 아버지.

우리 남매는 지금도 모이면 아버지 얘기를 많이 한다.

육남매 모두가 아버지 가정교육 방식을 그대로 따라하고 있다.

너무 가난해서 내 꿈을 포기하게도 하셨지만, 그래서 원망도 많이 했지만, 삶의 연륜을 더하다 보니 돈보다 더 값진 유산을 물려주셨다고 우리들은 말한다.

싱그러운
기쁨을 주는
찬란한
5월
꽃처럼
살고 싶어라

노옥자

사랑의 강물

강물은 언제나
평화롭게 노래하며 유유히 흐른다
폭풍우 쏟아지는 잔혹한 여름에도
눈보라 몰아치는 혹독한 겨울에도
흐르다가 가시에 찔리고
바위에 부딪혀 상처투성이 되어도
고통의 신음 소리 삼켜버린 채
졸졸졸 콸콸콸 노래 부르며
갈 길을 향해 묵묵히 흘러가는 인내의 강

높아지려는 교만 버리고
낮은 곳을 향해 머리 숙여 흐르는 겸손의 강

온갖 생명체가 약동하며
싱그러운 초목들이 기뻐하며 춤추는
아름답고 풍요로운 세계 온유한 강

자신을 버리고
많은 애환 가슴에 품은 채
흘러 흘러 바다를 이루는 강
예수님의 마음을 닮은 사랑의 강물이어라!

하늘의 메시지 '용서'

코발트 빛 맑은 하늘이
평화롭게 펼쳐진 9월의 첫날 아침
바라봐도 바라보아도 평화만이 흐를 뿐
말이 없네

그래
진정성 없는 말일랑 하지 말아다오
말의 가시에 찔린 상처
잊으려 해도 잊혀지지 않아
가슴에 묻은 채 살아가는 건 더 큰 아픔이니까

용서는 필수요 의지적인 것
잘못을 뉘우치지 않은 사실까지
잊어버리고 용서하라

스스로 결단하고 용서하면
나에게 남은 상처 치유 되리니
무조건 용서하고 평화롭게 살라고
하늘이 파랗게 웃어주네

파란 하늘이 전해 온 메시지
　　　용서! 용서!

5월의 기쁨

눈부시게 파아란 하늘 아래
향긋한 꽃 향기 가득 예서제서 꽃망울이 툭 툭
하늘이 내려 준 선물 친구 같은 자매
우리 * 꽃 자매 *의 카톡방
　　　톡!! 톡!!

부푼 가슴에 웃음꽃 가득 담고
다섯 자매는 달린다
차창 밖 새파란 잎새들도 우릴 보고 나부끼네

군포의 철쭉축제, 안면도의 튤립축제
노랑, 빨강, 하양, 보라
곱디고운 옷을 차려 입고
수줍은 듯 바람결에 고갯짓 하는
튜립의 애교스런 자태

살랑거리는 바람 따라 손에 손 맞잡고 함께 춤추는
찬란한 무희들 출렁이는 꽃의 바다 황홀하네
싱그러운 기쁨을 주는
찬란한 5월
꽃처럼 살고 싶어라

딱 한 번 소리 내어 하고 싶은 말

엄마 살아 계실 동안 대수술 다섯 번,
첫 번이 신장 한 쪽 절제술
내가 태어나기 전 일이었다

그 후 쓸개 수술, 자궁 절제술
이후로도 몇 차례
그 때마다 녹음기를 준비해 놓으신 어머니

"엄마 하시고 싶은 말 있으면 하세요?"
유언이 될 것 같은 초조함에
숨 죽은 듯 방안은 적막했었지

"너희들 믿음 생활 잘 해라
그리고 서로 우애하며 살아라
이것 뿐이다" 하셨다

내가 지금
딱 한 번 소리 내어 하고 싶은 말 이것 뿐이다
"우리 착한 아들 며느리, 딸 사위 손자 손녀들아!
너희들 믿음 생활 잘 해라
그리고 서로 사랑하며 살아라"

환희의 첫눈

미명의 새벽
네온사인의 빛을 받아 반짝거리며
찬란한 별이 되어 첫눈이 내린다

이별이 아쉬워 애처롭게 매달린 잎새에도
온갖 사연들이 깔려 있는 어두운 길목에도
순백의 눈이 살포시 덮어 주며 내린다

사랑하는 이와의 예쁜 약속
그리움과 설레이는 추억들을 가슴에 안은 채
날개 달린 무희가 되어
사뿐사뿐 내리고 있는 눈! 눈!

잊으려 해도 잊혀지지 않아
신음하는 내 가슴에도
하얗게 덮어다오
눈이 녹아 흐르는 날
상처의 조각들도 함께 흘러보내리라

소복이 쌓인 눈을 뚫고
순백의 꽃으로 피어나는 Snow Drop처럼
새롭고 희망찬 새해를 꽃피우리라

어머니, 나의 어머니

우리 엄마 이순재 권사, 귀한 이를 어디에 숨겨 두고
** 엄마로만 살아 오셨을까!!

종갓집 장자부의 고난은 태산이요
8남매 키우시며 뒷바라지에 뼈마디 쑤셔 대도
입가에 함박꽃 피우셨던 인내의 천사

새벽마다 기도의 단을 쌓으셨던 무릎
닳고 닳아 통증으로 고통스러워도
당신 어려움보다 이웃의 어려움에 더 크게 눈 뜨시고
먹거리 옷가지 양손에 가득 들고
이 집 저 집 주시느라 종종걸음 치셨던 나눔의 여왕

살랑살랑 춤추는 코스모스 앞에 서면
"참 예쁘다"며 포즈 잡고 한 컷 찰칵! 하시던 소녀 같은 어머니

세상사 어려움은 강물에 흘러보내고
사랑은 모아 모아 바다에 이르셨던 어머니
어머니가 뿌린 믿음의 씨앗 꽃으로 피어났다
어머니의 사랑과 기도가 축복의 성이 되었다

감사합니다
사랑합니다

빨간 동그라미

할머니는 나를 품안에 안고 토닥토닥~~
노래도, 탄식도 아닌 자작곡 흥얼거리면 난 금방 잠들었지
할머니의 콧노래는 마력의 자장가
할머니의 품속은 온화한 난방이었다

어느 날 갑자기 통증(?)이 와 "할머니! 나 여기 아파"
"어디 보자" 쓰다듬어 주시며 "괜찮다" 하셨지만
할머니의 약손은 효력이 없었다

추도식 날 대청에 집안 어른들 가득 모였을 때
할머니는 나를 마루 앞 토방에 올려 놓고
"애비야? 얘가 아프단다" "어디가 아프냐?" "여기" 했더니
탈지면에 아까징끼를 묻혀 내 손가락 닿는 곳에
빨간 동그라미 하나씩 그려 놓고 "다 나았다" 하셨다
난 너무 좋아 팔짝팔짝 뛰면서 뒤뜰로 가
봄, 여름, 가을… 철 따라 피고 지던 꽃
무지갯빛으로 빛나던 꽃, 꽃이 되었다

거울 속 비친 80세의 내 모습에서
봄의 새순처럼 피어나던 철없는 10대의 나를 기억한다
수십 여 성상 함께 지내온 세월이란 벗과 함께
나는 수줍은 소녀 되어 방긋이 웃고 있다

나의 봄날

세월이란 기차를 타고
80고개에 올랐다

내 人生의 종점은 어디쯤일까?
지난날을 후회하지도 말고
앞날을 두려워하지도 말자

나를 찾아 온 나의 동반자
오늘, '지금'이 나의 봄날 아닐까

옥 빛깔의 예쁜 화분에 지금의 꽃을 심고
곱게 가꾸고 있는 이 시간이
나의 봄날 아닐까

그 길이 꽃길이 아닌들 어떤가
비 오고 눈 내려 질척한 길일지라도
나는 오늘 묵묵히
한 그루, 사과나무를 심으리라

험하고
고독한 길이었습니다
외롭고 지친 길에서
발걸음을 멈추고
꿈 꾸어 온
학산의 동산에서
나만의
햇살을 그렸습니다

백영욱

나의 노래

고등학교 학생이 되다.

해가 바뀐 봄이 되자 혜순이는 내가 살던 집을 옮기게 하였다. 무슨 사연이 있는지는 잘 모르겠으나 어머님이 출석하는 신행교회가 이전의 집과 가까워졌다는 사실 하나만으로 내게는 불만이 없었다.

산성에 있는 도서관에 가기 위하여 8호선 전철을 탔다. 의자에 앉아서 전면을 응시하는데, '학생 모집'이라는 광고문이 눈에 들어왔다.

'이것이 뭐지?' 의아심에 가까이 가 본 나는 가슴이 두근거렸다. 3년 과정을 2년에 졸업할 수 있다는 고등학생 모집 요강이었다. 필요한 구비 서류와 약도가 있었다.

그 즉시 반대 방향으로 전철을 바꿔 탔다. 동사무소에 들러 주민등록 등본을 뗀 후 사당역으로 향했다.

출구를 나와 즉석 사진 코너에서 사진도 찍었다. 세상은 좋아졌다. 옛날 같으면 사진관에 들러 필요에 알맞은 규격의 사진을 찍고 하루나 이틀 기다려야 했지만, 지금은 돈과 함께 2분도 안 되어 넉 장의 명함판 사진이 나온 것이다.

언덕 높은 곳에 있는 신동신정보산업고등학교를 향하였고, 교정에 들러 상담을 하였다.

대동중학교는 현재 없어졌으나 정보시스템을 통해 졸업장을 구비했다. 처음 입학금은 12만 원으로 국민은행을 통한 결재를 할 수 있다고 하였다.

3월 첫 주 월요일, 고등학생으로서의 첫 학교생활이 시작되었다. 너무 기뻤다. 철 늦은 시작이지만, 치매로 기분이 저하된 지금 새로운 삶의 도전은 미국과 한국의 가족에게 뜻있는 의미를 갖게 하였다.

협심증과 심장판막중세는 미국에서 10년의 낚시 생활을 통해 나았고, 이제 치매의 완화 시작은 하나님의 은혜로 시작하는 울림이었다.

"주는 그리스도시오 살아계신 하나님의 아들이니이다."(마16:16)

살아 계신 하나님을 통하여 내가 살았고, 예수 그리스도를 향한 신앙고백이 나를 움직이는 원동력이 되었다.

살고 죽음은 하나님의 뜻이다.

나는 최선을 다하여 주님을 위한 사역과 새로운 삶을 위해 아낌없이 바칠 것이다.

아무것도 아니야

　국민학교 6학년 초가을, 저녁 노을이 붉게 물드는 가을 하늘을 보고 싶었다. 동리의 아이와 인왕산 만수암을 올라간다. 길목 옆 초원의 숲 바위에 앉았다. 떨어지는 낙조의 모습을 보며 도란도란 이야기하게 되었다.

　그녀의 이름은 곽동욱, 시골에서 서울로 온 아이였다. 옥인교회 여름 성경학교에서 만났다. 초등학교를 졸업하고 언니 집에서 잠시 머물 때라고 하였다. 그리고 가능하면 공장에 취직하여 서울에서 살고 싶다고 하였다. 나도 내 어머니의 이름은 곽복희로 같은 곽씨이니 아마도 외가의 친척이 될지 모른다고 하였다.

　그녀와 나는 깜깜한 밤하늘의 별과 달을 보며 시간을 흘리고 있었다. 연극과 게임을 하며 우리는 자연스럽게 친구가 되었다. 아버지가 채워준 시계는 밤 9시가 넘어가고 있었지만, 우리는 일어나지 않았다. 동시 童詩를 지으며 동요도 부른다. 그리고 이런 저런 이야기 속에 빠져든다. 여름을 갓 넘긴 초가을 밤은 서늘해지며 약간의 한기로 추위를 느꼈다.

　숲속에 늘어진 이파리를 따서 수북히 쌓고 그 위에 누웠다. 그리고 북두칠성과 아기곰자리와 사자별자리도 찾았다. 그녀의 별과 나의 별도 만들었다. 별 하나 별 둘을 세다 결국 잠이 들었다.

　밤이 물러가는 새벽, 떠오르는 태양이 밝아오며 우리는 일어났다. 약간의 기계체조를 하며 식었던 몸을 따뜻하게 만들었다.

　안개를 헤치며 산을 내려왔다. 잘 가라는 말로 미소를 만들어 주고 조용히 대문을 열었다. 아마도 늦은 밤에 들어올지 모르는 어머니의 배려일 것이다.

　내 방에 들어와 숙제를 점검하고 세수를 하였다. 아침을 차려 주는 어머니의 손이 가늘게 떠는 느낌을 받았다. 도망치듯 도시락을 챙기고 청운국민학교를 향해 달려갔다. 교실에 앉아 처음 데이트를 생각하며 공책에 글을 쓴다. "아무 것도 아니야"라고….

며칠이 지난 후 저녁, 학원을 다녀오며 층계를 오르는 골목 위에 그녀가 서 있었다. 아는 척을 하지 않고 문을 열며 집에 들어왔다.

밥을 먹고 숙제를 하는데 마음에 걸렸다. 시간을 보니 10시가 넘었다. 마루에 서 보니 아직도 그녀는 그 자리에 서 있었다. 어떻게 할까? 하다가 내 방에 들어가 다시 숙제를 하였다. 그리고 예습 준비하다가 다시 궁금해져 마루에 나가 보니 그 자리에 그냥 서 있었다.

밖에 나가 얘기를 하고 싶었으나 내일의 예습과 학원에서 배운 것을 공부하지 않으면 내가 목표한 학교에 갈 수가 없을 것 같았다. 다시 공부에 열중하였으나 집중이 안되었다. 시간을 보니 11시가 훨씬 넘은 시간이었다. 안 되겠다 싶어 마루에 나와 보니 그녀는 보이지 않았다. 차라리 잘 되었다고 생각하며 공부에 열중했다.

그녀와 나는 이틀 동안 기다림의 시소게임을 하였고, 공부하는 것이 중한 나는 약간 신경이 과민해졌다. 공부도 뜻대로 되지 않았다.

다음 날 비가 약하게 부슬부슬 내렸다. 집에 돌아오는 길에 그녀는 우산도 없이 서 있었다.

그날 이후 그가 보이지 않았다. 동리에서도 그녀는 끝내 보이질 않았다. 붙잡지 않은 나의 처사가 과연 옳았을까.

떠나는 사람

험하고 고독한 길이었습니다
외롭고 지친 길에서 발걸음을 멈추고
바라보는 학산의 동산에서
빨라지는 햇살을 그렸습니다

2년의 애증에서 이제 떠나려 합니다
떨어진 잎사귀가 붉었습니다
한 발짝 발을 떼면 벌어졌던 스올이
큰 소리를 내며 닫혀집니다

강단의 소리도, 학우의 소리도 안 들리는
계단을 걷는 기분이 들었습니다
커다란 바위에 서 있는 문패도 내리고
올라탄 버스에서 내리려 합니다

긴~
그림자 하나
내 뒤를 따라
걷고 있습니다

떨어진 은행잎

이제는 떠나셨습니다
아들이 우는 날 하늘이 무너졌습니다

세상 사는 보람이었던 아들
끊임없이 기도하는 어머니
이제 아버지와 공원에 다정히 누우셨습니다

하늘은 푸르고 코스모스는 하늘거리는데
그리움에 사무쳐 눈물을 흘렸습니다

어둠 사이로 갉아 먹히는 인생
처절하게 부서지는 아픔은
흔들리는 미로에 서서 방황했습니다

젖어드는 그리움 헤어지는 사람을 잡고자
한 줄기 빛에 선 사랑
언제나 영원하리라 생각했습니다

작은 불꽃 피워보지만 금방 사라지는 미소
꺽꺽 목 놓아 소리치며 부르지만
떨어진 은행잎은 말이 없습니다

마음의 종

호수 길을 걷는다
몇 발짝 걷지 못해 쓰러진다
몇 번이고 힘겹게 일어난다
'영욱아! 너는 걸을 수 있어. 걸어야 돼.'
마음 속으로 되뇌이며 걸음을 옮긴다

뇌는 바보, 마음이 시키는 대로 움직인다
몸은 걷지 않아도 걷고 있다는 생각을 계속하면
뇌는 걷고 있다고 판단하여 활성화 한다

마음의 종, 나의 똑똑한 하인
끊임없이 꿈을 전달하면 지혜를 준다
이것이 나의 기도다
하나님과의 소통이다

완화의 효과는 놀라웠다
2006년 USCH 치매 판정
2011년 서울의료원 치매 재판정
백석대학교 2학 차 장위문학 치매 완화

놀라운 이력은 꿈을 이루었다
그 누구도 벗어날 수 없다던 치매
나는 이겼다

그리움

고국을 향한 내 마음
눈물을 머금고 떠나는 나성
그리움의 시작이었다

창공에 떠 있는 구름밭
밀레의 종소리가 아닌
눈물의 방울들이
처절의 탄식으로 신음을 자아낸다

기억의 창이 닫혀
보헤미안의 여로는
보장 없는 내일의 시작

힘찬 발걸음
바라보는 눈들에게
희망을 주고 싶다

호수에서

겨울이 가고 봄이 왔어
건대 일감호에 개나리가 피었지
벚꽃을 좋아하는 난
활짝 웃는 모습이 너무 귀여웠지

언젠가 한탄강에 갔었지
그녀와 걸으며 다정한 미소를 머금었지
일렁이는 파도를 바라보며 돌을 던졌지
내 마음 속까지 푸른 물에 물들 것 같았어
여우에게 무슨 말부터 꺼낼지 몰라
안 통해도 괜찮을 것 같아
왕자는 비밀을 가르쳐주었지
너와 내가 보이는 것은 길이었는데
떠난 자와 보낸 자가 확연히 구분 되네

잠시 머물렀던 자리에 오리가 보이고
나무판에는 거북이도 올라 와서
따뜻한 햇볕에 졸고 있네

달오름뜰

신찬우 · 양순자

이여니 · 이의숙

황혼에 지는
모습을
볼 수 있다면
이것이
내 인생의
봄날이 아닐까!

가을 사색

가을은 모든 곡식이 알을 채우며 고개를 숙인다. 그래서 가을은 엄숙해지고 무게가 있다. 공간은 명상들로 채워지고, 산길을 걷는 등산객의 배낭에도 삼라만상이 가득하다.

도란도란 정겨운 말 잔치에 노을 이삭이 익어간다. 처연한 가을 정취에 빠져 그 옛날 약관의 꿈을 회상하면서 나 홀로 황혼의 고독을 즐긴다.

그런대로 가을은 사색에 넉넉함을 맛본다. 젊은이에게 가을은 희망 결실의 기회요, 노년에겐 지난 날을 반추하며 진정한 삶의 의미를 헤아리는 절기이기도 하다.

그것은 한 인간의 성숙에 따라 채워지고 안목에 따라 다르겠지만, 탈 없이 살아온 사람도 가을이 오면 무료함을 느낀다. 알 수 없는 외로움에 정신적 고아가 된다.

누구나 인생의 가을은 찾아오기 마련이다. 유수와 같은 인생의 순리를 가을 길목에서 만나본다. 자기 분수를 알고, 알맞게 삶을 누리며 살아가는 지혜로움도 가을 들녘에서 얻어진다.

그저 오늘이 있어 행복하고 가을녘에 손자손녀 보는 것만으로도 넉넉하다. 우리가 살아가는 세상은 모든 사람이 절대 행복을 누릴 수 있는 유토피아는 아니다.

비바람과 천둥 무더위로 시달리지 않고 피는 꽃이 어디 있으며, 지난 날이 행복하고 즐거웠다고 말할 수 있는 사람이 몇이나 될까?

청암중고 후문을 들어서면 농익은 초록색 국화들이 가을 정취를 안고 키재기를 하고 있다. 빈틈없이 변해가는 모습에서 잉태할 듯 짙어지는 가을 숨소리를 듣는다.

비가 오고 바람이 부는대로 의연하게 순응하는 모습이 참으로 기특하다. 화창한 가을 축제를 앞두고 탐스러운 봉우리가 산고를 겪고 있다.

흐드레지게 길가에 핀 코스모스가 오가는 발길을 멈추게 하고 고독과 사랑을 절규한다. 날렵한 여덟 장의 꽃잎 중앙에 깨알만한 깃털이 뭉쳐 생식기능의 과정을 겪고 있다. 깃털마다 까만 씨앗이 멀리 날 수 있는 효과를 지니고 있다. 번식을 통한 영생의 수단이 참으로 지혜롭고 경이롭다. 물에 사는 연어 역시 종족 보존을 위한 고난의 행군은 감탄을 금할 수 없다.

조물주의 비범한 시험일까. 돌이켜보면 인간 현실은 너무나 이기적이다. 자연의 섭리에 반하고, 인류 중심의 위계 질서를 망각하고 있다. 결혼을 선택형으로 치부하고 차선책으로 아이 하나만으로 당연시한다.

인간의 인성!

문제가 만연해지고 편법이 정의 위에 서는 도덕적 해이가 보편화 되고 있다. 양산되어 가는 '미혼의 정화'를 위해 창공에 에드벌룬을 띄워 가을 하늘을 수놓고 싶다.

해마다 깊은 사색 듬뿍 채워주고 떠나는 가을은 계절의 백미인가. 가을은 그리움이 있고 외로움이 있다. 나만의 공간에서 사색에 빠져 인생을 노래한다. 코스모스가 좋아 가을 속으로 빠져들고 싶은 넋에 잠기어 있다.

윤달의 풍속

윤달은 먼 조상 때부터 전래돼 온 우리 민족 고유의 세시풍속이다. 가정에 길·흉사를 미루어뒀다가 윤달이 찾아오면 거리낌 없이 집안일을 해내는 풍습을 지니고 있다. 음력 3년마다 찾아오는 이 날은 모든 두려움으로부터 벗어난 "해방의 달"이기도 하다.

윤달이 언제부터 우리 민족의 생활 속에 스며들어 와 하나의 문화로 형성되어 왔는지는 정확하게 알 수는 없지만, 태음력을 사용해 왔던 우리 민족에게는 뿌리 깊은 전통임을 부인할 수 없다. 다시 말해 우리 민족의 의식 세계를 대변하고 전승해야 할 문화이기에 그 생명력을 잃지 않고 우리의 생활 속에 스며왔다.

3년마다 윤년을 두어서 태양력과의 차이를 바로 맞추어 농사에 조금의 불편함이 없었다. 윤달은 열두 달 이외에 한 달이 더 있는 달로 '공달'이라 하며, '썩은달', '여별달'로 뒤탈이 없다는 달로 잡귀가 범하지 못해 사람들을 관장하는 신神도 볼 일을 보러 떠났다고 믿고 있다. 이때는 부정을 탄다거나 액厄이 끼지 않는 기간으로 여겨 평소에 꺼리던 여러 가지 행사를 마음 놓고 치러도 무방하다고 생각해 선친의 묘지를 이장하거나 이사, 집수리를 했다.

이사나 집수리는 사정에 따라 길일吉日을 택해 하지만, 조상들은 노인이 있는 집안에서는 윤달에 맞추어 호상을 바라는 의미에서 수의를 만들어 놓기도 했다. 이러한 풍습을 받아들여 고희古稀를 넘기신 어머니에게 효도할 기회라 생각하고 수의를 마련해 놓았었다(1970년대 초). 중국산 삼베가 많아 특별히 조심하기도 했지만, 이후로도 20년 동안 보관하느라 집사람의 노고가 많았었다.

수의는 살아 생전에 부모님께 드리는 마지막 선물이다. 늙어 가시는 부모님께 효도를 제대로 못한 죄스러움을 수의를 마련해 드림으로써 효의 뜻을 전했다. 특별한 종교 없이 장수하신 숙모님은 생전에 수의를 입으시고 집안에서 굿판을 벌였으며, 이웃집 사람들을 불러들여 음식을 대접하고 본인은 춤을 추었다.

근래에는 윤달 결혼이 부부 금슬에 좋지 않다는 이유로 피하는 풍습이 있지만, 예전에는 윤달을 전후해 결혼식장은 예약 전쟁이 벌어지고 미처 마련하지 못한 예비 신혼부부는 큰 낙담을 하기도 했다.

불가에서도 윤달에 삼사를 순례하면 복을 받고 소원을 이룬다고 하여 많은 불자들이 사찰을 찾는다. 부녀자들이 불탑에 돈을 놓고 불공드리면 죽은 후에 극락 간다고 믿어 윤달 내내 정성을 다했다. 절에서 "생전예수제"를 봉행하는 것은 윤달의 가장 큰 행사다. 미진한 생명에 죄없이 어디 한둘이겠는가!

월력의 사용은 농령사회에서 더욱 발달되었고, 절기節氣가 농촌 생활에 삶의 근간이 되어 주었다. 생활 안정이 미흡했던 농경시대의 육체 노동은 의·식·주 해결이었다. 또한 삶에 찌들린 스트레스를 분출시킬 문화시설도 없었던 터라, 윤달을 손 없는 달로 만들어 하고 싶었던 일 후회없이 보내는 것도 희망이며 기다림이었다.

문화와 통신의 발달로 시간과 장소를 가리지 않고 외래문화가 범람하고, 전통문화의 인멸 현상이 급속도로 유행되고 있다. 그럼에도 윤달은 우리 풍속에 스며들어 있는 고유의 의식 세계다. 부모를 받드는 효심, 선친에 대한 공경 등 아름다운 사회를 지속적으로 유지시키는 것은 윤달의 따뜻한 삶의 의식 생활이 아닐까.

우물 두레박

두레박과 우물은 필연적인 동반자 관계다, 잘난 사람 못난이 가릴 것 없이 갈증을 풀어주는 만인의 은인이다.

퍼주고 퍼가도 마르지 않는 모천母泉은 마을의 생명수요 수호신이다. 무더운 여름날 하얀 뭉게구름이 담긴 우물을 들여다 보고 있노라면 깊고 고요함에 절호의 운치를 느낀다.

약 50여 가구가 살고 있는 경사진 촌락에 하나뿐인 우물은 조석朝夕으로 아낙들의 만남의 장소이며, 하루가 시작되는 기호의 장이기도 하다. 동이 트면 골목마다 머리에 물동이를 이거나 나물 바가지 옆구리에 낀 아낙들의 발소리에 금세 초만원이 된다.

낮에는 주로 빨래터가 되고 밤이면 목욕탕으로 변해 주는 이중성도 갖고 있다. 삼면이 농지이고 앞면이 도로와 접해 있어 인구가 늘어나고 우물은 옛날 모습 그대로이다.

남존사상이 잔재했던 60년대 우물은 여자들만의 고유 장소였다. 밤사이 시어머니에게 상처 받았던 응어리를 푸는 기회이며 해방된 공간이기도 하다.

이곳에 가면 지난밤 있었던 마을 소식을 생생하게 들을 수 있고, 남편들에 대한 바가지는 들을수록 고소한 맛이 난다. 갓 시집온 새댁 이야기로부터 주책없는 홀아비의 궁상맞은 추태 이야기, 눈치 빠른 아낙들의 박장대소가 아침을 후끈 달아 올린다. 악성 시어머니 흉이 도마에 오르다 보면 젊은 아낙들의 방망이 소리가 커지고 궁둥이가 들썩거린다.

두레박줄은 물 뜨는 묘미가 있어 손 끝에 전해오는 짜릿한 오르가즘이 전신을 전율시킨다. 두레박이 수면에 닿을 때쯤 두레박은 줄을 통해 느낌을 전해준다. 이 때 줄을 옆으로 성큼 낚아채면 두레박은 두꺼비 흉

내를 내며 물을 가득 채운다. 줄 당긴 낭창거림이 시어머니에게 구박 받았던 설움을 해소시킨다. 두레박 다루는 거동을 보면 고부간의 관계를 짐작해 했다.

물 긷는 솜씨가 유별해야 한다. 두레박과 두레박줄 손놀림이 일치해야 한다. 이 삼박자가 엇박자가 되면 성난 두레박은 애를 먹인다. 여름이면 막 떠올린 두레박물로 등목을 치면 그 오싹함에 더위가 확 달아나 버렸고, 과일이나 음식을 우물 안에 넣어두면 그 신선함과 청량함이 살아 있어 더위를 쉽게 잊을 수가 있었다. 이렇듯 우물은 우리 생활과 밀접한 관계를 맺어왔다.

무속문화가 실생활에 뿌리를 내리고 많은 설화와 에피소드가 전래되어 왔다. 야사에 동네 우물 안에 명당 자리가 있다는 것을 알고 한 부부가 선친의 뼈를 몰래 우물에 묻었다. 세월이 흘러 꿈이 부풀어 올 무렵 이들은 헤어지게 되었고, 부인은 이 사실을 마을에 폭로해버렸다. 성난 주민들은 우물을 파헤쳤다.

대대로 맞이할 부귀영화가 한순간에 좌절되고 말았다. 이처럼 우물은 인간에게 신화적이고 영감 있는 격상의 존재였다. 아침 저녁으로 이웃간 담장 우물 눈빛 맞추며 웃음 띤 정감이 있다. 시대의 흐름에 우물도 파기되고 아낙들의 이야기 꽃도 이젠 찾아 볼 수 없다. 춘궁기의 배고픔을 달래려 우물가로 달려가던 까까머리 소년도 옛 이야기가 되었다.

문화의 발달과 편리함도 좋지만 풍요로움과 애환이 넘치는 아름다운 전설이 있는 곳 우물이 생각난다. 어느 헛간에 볼품없이 두레박 하나 뒹굴고 있다.

나는 나를 사랑한다

나는 나를 사랑한다.

아무래도 나를 잘 알고 이해해 주고 용서해 줄 수 있는 사람이 나만한 이가 또 있을까! 야경삼경 꼬리춤 추며 변소길 동행해 주던 검둥이의 충복도 우화같은 이야기고, 사람 닮아가는 말 잘하는 앵무새도 청개구리를 닮았다.

나는 나에게 사랑을 구한다.

미워하지 않고 용서해 주고, 이해해 줄 수 있는 소박한 모습이 정다웁게 다가온다. 거울 속에 비춰진 낯익은 반추가 흥겹게 출렁인다. 참다운 사랑을 지팡이 끝에서 얻는다. 세상 누구와도 비교할 수 없는 행복의 문턱을 넘어 머리에서 발끝까지 스킨십을 한다.

봉숭아 꽃 필 무렵 장독대 그늘에서 꼭두각시 만들어내 각시하자며 쓰다듬던 손길로 얼굴을 다듬는다.

"아이 예뻐! 아이 예뻐!"

손 끝에 야릇한 촉감이 마음 속까지 희열을 느낀다. 양미간에 부드럽게 사랑을 손짓하며 잔잔한 웃음이 파도를 안고 돈다.

나는 나를 사랑한다.

"내가 나를 사랑하기 시작하면 세상도 나를 사랑하기 시작한다."(혜민 스님 글)

세월이 세상을 앞서간다! 요즘은 하는 일이 서툴러지고 궁상 맞은 빈도가 다양해졌다. 나들이 한 번에 2~3번을 들락거리는 것은 보통이고, 전화 받고 숟가락 찾는 일이 다반사다. 자신을 조롱하며 거울 속에 굴곡의 주름을 탓한다.

꾸밈없이 살아온 삶 때문일까. 꿈 많던 약관을 삶에 혹사시키고 정신없이 살아온 세월, 오늘을 위해 장고한 시간을 사랑했다. 세월 속에 묻혀 술 한 잔에 만족했다. 때때로 밀려오는 탐욕스런 애증을 청정해 자연의 순리에 힐링했다.

언제부터인가 산길을 걷는 즐거움에 올인했다. 불암산 둘레길은 나의 요긴한 동반자요 낙원이다. 악진하는 각종 나무들과 호흡을 같이 하며 자연에 공존한다. 외로움과 고독의 피서로 산을 찾는 노년층의 모습이 눈에 많이 띈다. 사랑의 결핍에서 벗어나 위로의 행로를 걷는 산행인 속에 발걸음을 같이 해본다.

나는 나를 사랑한다.

월요일 10시, 가요 시간 연예인들의 모던 스타일이 총출동한다. 풍족한 생활 여건으로 취향은 첨단의 단계에 있다.

"원점은 사랑이다." 사랑과 세월 없는 가사가 없다. 장수 시대를 맞아 황혼 부부는 여행을 떠나고 독신은 사랑을 배운다.

문득 거울 앞에서 멋진 양복을 맞추어 보고 싶다.

내 인생의 봄날

봄길을 걷는다.

내 삶이 시작되는 기분이다.

겨우내 움츠렸던 만상이 기지개를 편다.

새 모습이 반짝 드러낸 모습을 보며 자연의 신비함을 느낀다.

지난 해의 아쉬웠고 갈증 났던 삶이 자연 속에 녹아내린다.

새로운 인성의 발길이 환희와 희망으로 무지개를 그린다.

산길을 좋아한다.

발길에 채이는 돌부리 앞에 자연과의 융화를 생각하며 먼 여정을 가꾼다. 이쯤만 해도 내 인생의 봄날을 터득하며 삶을 가늠한다.

우수가 지나고 경첩이 코앞에 다가왔다.

이름 모를 자연의 신비가 인생을 채색시켜 준다.

새해를 맞이하여 갖은 풍상의 망상을 헤매다 한적하고 은유한 산길을 그리워했다.

아무래도 마음 속에 심어줄 씨앗은 세파에 찌들지 않고 부정에 물들지 않은 야생의 모럴이다.

황혼의 언덕길에 씨앗을 심으리다.

꽃이 피어날 때 내 인생의 봄날을 맞이 할 것이다.

광대한 태양이 아침을 밝히고 우아한 모습으로 황혼에 지는 모습을 볼 수 있다면, 이것이 내 인생의 봄날이 아닐까!

감나무집

밤 사이 부는 바람
물렁감 떨어진 감나무집 우물가
땡감은 주머니에
홍시는 손에 쥐어 줄행랑치던
어린 시절

소금물 질항아리에 담가 놓고
푸른 감 떫은 맛 빠졌을까

남의 집 감나무에 애환이 넘치고
오금을 저는 철부지
감나무집으로 이사 가고 싶다

초가을
어느 집 감 아래
떨어진 풋감 하나에
숨어 있는 그리움이 보이네

나는
바라만 보고 있고
너희는
저만치
가고 있구나

양순자

동백꽃 같이 아름다워라 동백꽃 같이 서러워라

동백나무는 사철 푸르고 바람막이 울타리 가로수
어디서도 잘 자라며 영하 5도 이하 내려가면 언다
나뭇잎이 초록 꽃은 빨강 꽃도 초겨울에 피고
흰눈이 내릴 때면 크리스마스 트리처럼 너무 예쁘다

동백꽃은 활짝 피면 다음 봉오리를 위해 송이째로 떨어진다
나무에 시든 꽃이 없이 동백꽃 지는 소리가 난다
피지 않은 꽃은 안 떨어진다 날씨가 따뜻하면 피고
떨어진 꽃 너무 예뻐 손에 들고 며칠 더 있다 지지 한 적도 있다

손자는 공부하기 싫어 알바하고,
울릉도 색시는 자취생활 하면서 학비 때문에 알바하고
둘이 몇 년 사귀다 결혼했다.
손자 호주 유학길에 따라가, 1년 방학 때 귀국했을 때
"현정이 엄마가 나물 뜯다 벼랑에 떨어져 죽었대"
영감의 그 말에 나는 호흡이 잘 안됐다
울릉도에서 거진 30년 산 엄마가 어떻게 그런 일이
천의 바람이, 오십세 살밖에 안 된 그 엄마 데려갔구나

어떡하나 동백꽃 같이 서러워라
어떻게 그렇게 딸 사는 것도
못 보고, 아들도 결혼 못 시키고 꽃 같은 나이에 너무 서러워라

시집 보낸 엄마 마음

사위 본다고
아들 하나 생겼다고
좋아 좋아했더니
한씨네 아들 보고 좋아했네

아들딸 차별없이
딸 낳아 귀엽다고
곱게곱게 키웠더니
한씨네 며느리 키웠구나
찾지 않고 사는 것이 잘 사는 일이라면
잊으며 사는 것도 살아가는 일이려니

그대를 잊으려고 붓글씨를 쓰는데
그대가 나 잊어가고 청실홍실 엮어가게
그대가 주는 마음 하도 싫어서
애타게 기다리다 지쳐버린 나
그대를 잊으려고 붓글씨를 쓰는데

초승달 만큼 비추면
그믐달 만큼 비추리
아니 아니 둥근 보름달 되어
어른 되어 가는 모습 관심 있게 비추리

나처럼 산다면

나처럼 살아 간다면
크게 걱정 안 할 일을
너네처럼 살아 가는 것이
내게는 초조하고 불안해

들어오면 들어오는 대로
적게 나가면 좋으련만
들어오면 들어오는 대로
나가는 것이 나는 걱정되네

굳은 땅에 물 고인다는 옛말
속담은 지어진 글씨인가
고속으로 들어와서
고속으로 빠져나간다

나같이 산 것도 한 된다면
너네들 사는 것은 잘 사는 건지
훗날 한이 안 될려고
그렇게 살아가는 것이겠지

애들아 내 말 들어보렴
곰곰이 생각해봐라
그러면 안 되는 건지

그래도 되는 건지

나는 열 손가락 펴고
빼기 더하기 하고 있고
너희들은 곱하기 나누기
자판 두들기고 있구나

나는 바라만 보고 있고
너희는 저만치 가고 있구나
점점 멀어지고 있구나
점점 멀어져 가고 있구나

어떤 이는 나를 보고
그렇게 사는 것도 아니라고 하고
어떤 이는 나를 보고
그렇게 살았기에 오늘이 있는 거라고

애착

아들 중·고등학교 때 싸주던 양은도시락. 내 얼굴같이 주글주글한데 그것을 못 버리고 지금까지 가지고 다닌다.

이런 것이 애착인가.

박정희 대통령이 잡곡밥 먹으라고 그때는 도시락 검사도 했다.

손자도 삼십 아들도 육십을 바라보는데 나만이 알고 있는 그때 싸준 도시락, 이사를 몇 번 했지마 지금도 싱크대 밑에 자리 잡고 있다.

꼭 필요한 것만 가지고 나머지는 버리라고 한다. 나한테는 모두가 소중하여 입던 옷도 못 버린다.

어떻게 정리하나 생각하며 앨범을 몇 권 뜯어 몇 장만 남겼더니, 영감은 찢었다고 화를 낸다.

"짐도 줄이고 누가 봐요!" 그랬다.

"엄마 돌아 가면 우리는 못 버려요. 지난 날도, 내일도 생각 말고 오늘 지금만 생각하라"고 한다.

숙제는 꼭 쓰고 며칠을 생각해도 생각이 안나 도시락 글을 쓰고 그 도시락을 버려야지. 우리 아들 점심 쌌던 도시락, 그 도시락을 볼 때마다 아들의 중·고등학생 때 생각이 났어.

잘가라. 그 동안 도시락 볼 때마다 나는 행복했었다.

자식이 뭐길래

부모와 자식은 어떤 관계인가? 누가 말하기를, 자식은 끝없는 환희이지만 베풀기만 하여 허망함에 빠진다고 했다. 자식이 제 구실을 못하면 부모는 쓸모 없는 사람이 되고, 죽을 때까지 짐이라고 했다.

자식 결혼시키면서 며느리가 직업을 갖게 되어 손자 둘을 키우느라 나의 인생 황금기는 훌쩍 넘어갔다. 자식 키울 때는 책임감이 크고, 신기하고 대견해 내 인생의 전부라는 마음으로 바쁘게 살았다. 그런데 손자를 키울 때는 하늘 땅을 다 얻은 기분으로 귀엽고 예뻤다.

손자가 커가면서 기대에 못 미쳐 사이가 벌어졌다. "민수야, 게임하지 말고 공부해야 한다."는 고모의 말에, "고모, 개미는 기어 살고 파리는 날면서 사는데 개미더러 파리같이 살라면 못 살아요. 난 게임해야 해요. 고모 집에 가세요." 초등학교 3학년 조카가 그런 말을 했다는 것이다.

손자와 나는 점점 더 멀어져 17년을 함께 살다 내가 나왔다.

7년 후 집이 팔려서 35평의 큰 집으로 이사했다. 큰 집은 집값이 안 오르는데 큰 평수 샀다고 아들이 한마디했다는 말을 듣고 나는 너무 기가 막혀 "저 돈도 내 돈, 이 돈도 내 돈, 죽으러 들어가는 사람 앞에 집값 따지게 됐어" 하고 일주일을 앓고 이틀을 못 일어났다.

그러나 살면서 두 가지 잘한 일이 있다. 하나는 날 위해 운동하는 것, 또 하나는 따로 나와 산 것이다. 눈 뜨면 일만 하고, 누구와 잘 어울리지도 않고 나를 혹사하며 살았다. 동네를 위해 좋은 일을 많이 한 영감에 비해 난 살면서 봉사활동도 못 해본 나를 위해 투자한 것이 없었다.

그런데 요즈음 영감마저 비실비실하여 불안하고 초조한 마음이 든다. 89세와 84세인 나, 참으로 오래 살았다. 어떻게 살면 끝을 잘 마칠까.

어디로 가야 하나. 종착역의 표지판도 없고 이정표가 안 보인다.

내가 살아보니까

내가 살아보니까 그때 그 시절이 좋았던 시기인 줄 세월이 흐른 후에 알게 됐다. 그 당시에는 그런 생각조차 못하고 바쁘고 힘들게 살았다.

지금 생각하니, 이 순간도 무척 힘들어도 언젠가는 이 순간이 가장 행복했을 때라고 느껴질지도 모르는 일…. 형제도 먼저 가고, 친구도 몇명 요양원 가고, 이 세상 사람이 아닌 친구도 있다.

어느 날, 아들한테 살고 싶지 않다고 말했다가 우박을 맞았다.

남들은 우리를 다 부러워 하는데, "왜 그러시냐고? 우리가 엄마 기대 못 미쳐서 그러시냐고? 손자 유학 갔다 올 때까지 살아야죠." 하고 우박을 퍼붓고 하루 두 번씩 온다.

영감 건강에 적신호가 오고, 나도 방금 있던 일도 금세 잊고 귀도 점점 안 들리고 눈도 침침하다. 갑자기 아프면 자식들이 긴장하고 왔다 가면 미안하다. 미안한 것도 모르게 되면 어떻게 될까 생각을 한다.

그래 이 순간 힘들어도 언젠가는 제일 좋았다고 생각이 들 때가 있을지도 모른다.

영감도 있고, 자식도 환갑이 되고, 손자가 삼십이 되니 많이 산 거다. 살고 싶지 않다는 말을 해서 우박을 맞고 정신이 났다.

시간에 대한 누군가의 말이 생각났다.

"나에게 빼앗아 간 세월은 나의 것이 아니다.
나에게 오려 하는 세월은 나의 것이 아니다.
순간이 나의 것이고 나는 순간에 집중한다.
그리하여 세월과 영원을 이루는 그것이 나의 것이다."

하늘땅따먹기

내가 어려서 친구들과 놀 때 땅에다 동그라미 그려 놓고, 가위바위보 해서 이긴 사람이 한 뼘씩 땅따먹기 하고 놀았다.

지금은 건축회사들이 서로 입찰하여 아파트 높게 지으면 하늘땅따먹기다. 집에서 보면 동쪽 산 위에 해와 달이 뜨고, 서쪽 산 위에는 해와 달이 지는 것을 볼 수 있었다. 그런데 이제는 그런 것도 못 보고 산다.

지난 일들에 지금의 일들이 필름처럼 돌아간다.

나는 게삼신인지 달이 뜰 때는 잠을 못 잔다. 게는 달 밝으면 나와 노느라고 밥도 안 먹어서 살이 없다고 한다. 달과 내가 단둘이 이야기하다 보면 서산으로 달이 넘어간다.

이제는 그런 기분 맛도 못 보게 건축회사들이 하늘땅을 따먹어서 그 기분도 맛을 못 본다.

옆집에 여섯 집이 다세대주택을 짓는 업자가 깨져서 우리집이 훤하게 되었다. 추억이 깃드는 저만치 보이던 그 산이 그립다.

하늘이 그렇게 넓어도 해와 달이 뜨고 지는 길이 있으니, 바다가 넓어도 배가 가는 길이 있고, 비행기도 가는 길이 있으니 하필이면 내가 보는 하늘을 건축회사가 따먹었으니 나는 그만 눈을 감을 수밖에.

욕심 없이
아픔도 받아들이고
무한 감사의
마음을 갖고 사는
지금이
내 인생의
봄날인 것 같다

이여니

날개

지우고 지워 버리고 싶다
가슴을 헤집는 기억들

지워지지 않는 것은
너를 향한 간절한 바람

할 수만 있다면
너에게 달아주고픈
날개

어디에도 매이지 않은
너를 볼 수 있다면

그게 그것이
나에게 그리고 너에게
날개인 것을

무장 해제

낡아 찢어진 운동화
해져서 터진 장갑 끼고
산책길 나선다

해지고 낡음이 주는
친근함과 편안함
사람과 사람 사이도 묵은 맛이
진정성 있지 않을까

보여지는 것들에서
무장 해제
진정한 자유인이다

영혼마저 자유로워 자유로운
나는 숲으로 간다
살랑대는 바람도
싱그럽다
숲으로 간다

박꽃

하얀 옥양목 같은 박꽃
달맞이하듯
서둘러 핀다

푸른 달빛은
온몸으로 반기는
박꽃이 필 때
그 달빛 밟고
어머니 어머니
걸어오신다

그리운 어머니
내 마음에 내려앉고
그리움 실은 달빛은
박꽃 위에 내려앉고

다가가기

감히 엄두도 나지 않아 마음 어딘가에 깔려 있는
감성의 조각들 퍼즐 맞추듯 나열도 해보고 싶다
하얀 도화지에 무엇을 그릴까처럼
표현은 서툴고 낯설지만 설레임은 싫지 않다
어느 날부턴가 무언가 적기도 하는 내 모습
가끔 시선을 한 곳에 둔 채 생각에 잠기는 내 모습이
남편이 보기에 기특한가보다

몰래 쳐다보면서도 방해하고 싶진 않은 모양
고맙고 쑥스럽다
우리 아기 첫 걸음마
미지의 세계 속에서도 해맑게 배우며 자라듯이
나도 해맑음으로 쓰기도 지우기도 해보자
예쁜 교수님과 쟁쟁하신 선생님들 사이에서
작아지는 내 모습
새로운 설레임
고요히 사전을 펼친다

시간을 뒤로

마른 나뭇잎
불어 오는 바람에
당연하듯 바닥에 뒹굴고

단조롭게 변해버린
나목 앞에
가슴 무거워

지난 날의 상실을 되새긴다
바람에 나무도, 나도

아쉬움 뒤로 한 채
옷을 벗는다

새로운 옷을 준비하러
계절의 한 획
이렇게 그어지나 보다

선고

뭉게구름 너머 하늘
초연하다

함부로 피어 있는
작은 풀꽃
새삼 새롭다

향기 가득한 바람
예전 같지 않는 것은
내 기분 탓일까

아파졌다는
선고 때문일까
더는 저항할 수 없는

날카롭게 치솟은 모든 신경
무뎌져
편안함이 낯설다

가을 그림

벼를 털어버린 볏짚에선 구수한 냄새가 난다.

가을걷이 끝 무렵 볏짚으로 초가지붕을 옷 갈아 입히는 일은 연례행사다. 비바람을 막아주는 지붕을 새로 해야 겨울을 맞이하는 가족의 보금자리가 더욱 든든해진다.

지붕 잇는 날이면 술을 즐겨 드시던 아버지께서는, 술 드시는 명분이 확실해져 신나하신다. 통 크게 막걸리 한 말을 시켜 항아리 가득 부어놓으시고, 일보다는 막걸리 드실 생각이 더 크신 것 같다.

엄마 눈치 안 보고 약주 드시기 좋은 날이다.

노란 볏짚으로 옷 갈아 입은 초가지붕. 주홍의 잘 익은 단감과 어울려 멋진 가을 풍경을 이룬다. 거기다 굴뚝에서 연기라도 피어오르면 서산의 저녁 노을과 어우러져 한 폭의 아름다운 그림이 된다.

해 지는 줄 모르고 놀고 있는 우리를 불러들이던 어머니 목소리. 거나하게 취하신 아버지의 취기 어린 목소리. 모두가 그리운 장면이다. 다시는 돌아갈 수 없는 추억. 정겨운 우리 가족의 가을 그림이다.

내 인생의 봄날

언제부턴가 기억을 지우면서 살고 있는 나를 발견한다.

꿈도 잠재우고 열심히 지나온 것 같다.

생각해 보면 아무리 미화시켜도 딱히 봄날은 없었다.

어느 날 꿈이 생겼다.

햇빛 밝은 대낮에 자유로이 활보하는 것. 가게에 얽매여 이른 아침에 나와 늦은 밤에 귀가하는 생활 패턴에서 생겨난 바람인 것이다. 남들은 그게 무슨 꿈이냐 겠지만, 나는 꼭 하고 싶은 일 중에 하나였다.

가게를 접고, 맨 먼저 했던 일이 햇빛 좋은 대낮에 혼자서 광화문, 인사동 거리를 느긋하게 걸었다. 너무 행복했다.

그 행복도 잠깐 암 판정을 받고 수술과 항암을 견디며 대낮의 행복한 활보는 잠시 접어야 했다.

그렇다. 우리의 삶이란 온갖 사연 속에 욕망에 가려져 소소한 행복을 느끼지 못한다.

암이란 병 덕분에 주변 사람들의 크나큰 사랑과 가슴 따뜻한 분들이 나를 감동시키고 존재감을 심어주었다. 아픔을 통하여 무한 사랑을 느끼고 내 자신마저도 나를 사랑하게 됐다.

앞으로의 삶은 크게 욕심 없이 아픔도 받아들이고, 무한 감사의 마음을 갖고 사는 지금이 내 인생의 봄날인 것 같다.

차라리
바람이었으면,
막히지 않는
바람이었으면…
차라리
부딪혀 흩어지는
보이지 않는
바람이었으면…

아팠다

새가 되었으면 하는 날
그저 바람이 되었으면 하는 날
슬프게도 아름다운 날

명치 끝에 올라오는 설움들이
살아 있는 나를 느끼게 했다

어쩌면 이리도 차곡차곡 쌓고
살았을까
참고 참은 서러움이 복받쳐 왔다

아팠다
명치에 돌지 못한 피가 돌이 되어
손 끝에 차갑게 앉은 피가 두려움이 되어
과부화 된 생존의 피가 신호가 되어
머리 끝에서 탈출구를 찾고 있었다

어지럽다

차라리 바람이었으면
막히지 않는 바람이었으면
차라리 부딪혀 흩어지는
보이지 않는 바람이었으면…

별이 내리는 밤

눈을 감았다
천장에 구멍 하나가
뚫렸다

별 하나가 내려온다

꿈인가
꿈이라면 깨지 마라

현실인가
현실이라면 막지 마라

뚫린 천장 구멍 하나

커피나무

사랑을 하고도 만날 수 없어
속을 태우는
나무가
되었다

사랑을 하고도 말할 수 없어
달달 볶이는
열매가
되었다

엄마가

그래도 내게 엄마라고 부를 수 있게
곁에 계셨던 새엄마
엄마가 보고 싶다

죽으면 썩을 몸 아낀다고 나에게 직설적으로 하셨다
죽으면 썩을 몸
밤이 깊어지는 시간 썩지 않는 것이 무엇이 있을까
썩는다는 것은 사라지는 것
사라지지 않는 것이 무엇이 있을까

전투적으로 사셨던 엄마도
결국에는 죽으면 썩어 없어질 것 앞에서
아버지를 버리고 가셨다

사랑은 변치 않고 있었음을 알고 있었으나
사랑보다 더 중요한 계산이 엄마에게 들어갔을 것이다
자식들은 살만하고 더 이상 손이 필요없는 데도
당신의 사랑을 버릴 수 있었던 것은 순간의 흔들림이었겠다

버림 받은 아버지나 버린 엄마나 둘은 분명 사랑했고
시간은 둘을 갈라놨다
그런 엄마가 보고 싶은 것은 엄마의 삶이
죽어 썩을 몸처럼 가엾기 때문이다

기도가 하늘에 닿은 날

어찌하여
이 한 사람 따뜻하게 안아 줄
한 가슴
지금껏 세상에 하나 없나요

하늘에 무릎 꿇고
눈물로 기도한 지 일주일
간절하여 닿았을까
기도가 기적을 낳았을까

아들에 안겨
눈물을 뚝뚝 흘리는 당신
많이도 외로웠구려
아들아, 미안하다
내가 너한테 가슴 아프게 한 거
용서해다오

나도 그렇게 자랐단다
보고 싶었던 슬픔의 방울이었는데
가슴이 왜 이리 아픈가
혼자 울던 울음이
남편에게 아들에게 그리고
딸에게 갔다

"딸아, 울지마. 왜 울어!"
"엄마가 자꾸 울잖아."
"눈 부어 울지마!"
"알았어. 엄마!"

진실로 진실로 상한 마음이
하늘에 닿아 응답하시는구나
기적같은 따뜻함이
흐르는 눈물이 되어
드디어
우리 가족에게 왔다

시계

나는 그냥 혼자였다
아무것도 보이지 않고
마음은 고요했다
외로움 같은 거
두려움 같은 거 조차도
고요했다

어린 날 윗대실 나의 집은
학교 기준 삼아 오지 산골이라
놀릴 정도로 끝동네 끝이
나의 집이었다

초등학교 3학년 때
개울 사이 논둑길을 함께 걷던
단짝 친구가 서울로 전학갔다
한집에 사는
세 살 터울 언니는 지 친구들과 노느라고 바빴고
나를 끼워주지 않았다
나는 그냥 혼자였다

그 즈음에
서울 사는 언니에게
손목시계를 깜짝 선물 받았다

그 길 지나 또 그 길로 이어지는
학교 오고 가는 길

긴 시간과 긴 거리에
시계가 손목에서 살아 움직이는 것이
얼마나 신기하고 신이 나던지
보고 또 보고, 걷고 걷고 걷다 또 보고
학교에서 집으로 오는 길에
전봇대와 전봇대 거리를
달리다 보고, 걷다 보고
시계 심장 소리를 느끼며
함께 걷고 날았다

나에게 시계는 새 한 마리였다
새와 함께 날고 싶은 내 마음이었다

하나의 새 심장이었던 시계는
그 시절 그 때
외롭지도 두렵지도 않게
나를 하늘 높이 높이 팔딱이게 했다

내 생애의 봄날

신비디움이 노랗게 꽃대를
올리던 기쁨의 날을 기억합니다

환희의 순간이란
꽃에게 주어진 특권 같습니다

그 다음 봄날이 얼고
또 한 번의 봄날은 말라 버렸습니다

내 곁에 두 봄날이 지나가는 것을
나는 무기력하여 눈을 감았습니다

가까이 하지 못한 꽃의 시간이
한소끔 가슴 속에서 피어납니다
내 생의 봄날은
지금 이 순간
만남에 있습니다
만남에 있습니다

물 오 름 뜰

이정자 · 장정복

임양재 · 이춘명

내 인생의
봄날로
되돌아 갈 수 있다면
스무 살 가시내로
살고 싶다
그 이후의
일은 잊고 싶다

이정자

대천 바닷가

눈이 내린다
대천 바닷가에 눈이 내린다
어둠이 내린 바닷가에 첫눈이 내린다
꽃송이처럼 내리는 눈송이

차 한 잔 손에 들고 갯바람을 맞는다
바람결에 스미는 여인의 마음길

그가 있는 곳
여기서 몇 리일까
철~썩 처얼~썩
내 님을 싣고 온다

'파도야 어쩌란 말이냐'
청마의 마음도 이러했을까

메달을 걸고 다니신 어머니

구순이 넘어 알츠하이머
치매약 드시고 복지관 가신다
엄마의 놀이터로

목에 메달을 걸고
다니시는 치매 엄마
해가 저물도록
잃어버린 집 가출신고…

요양원 입실 후
매주 찾아 뵙는 발걸음
무겁기만 하다

평생 고명딸 위해
인고의 세월
눈물 뿐이다

마지막 미소가 사라진 그 날
가없는 하늘나라

그리움

입 밖에 낼 수 없는
그리움 하나
가슴에 묻고 산다

먼- 먼 추억에
그리움 하나
밀물처럼 밀려온다

다시 볼 수 없을 것 같던 예감
가을 잎이 뒹구는 계절
싸늘한 바람되어
예감은 그렇게 적중했네

새벽을 열며

밤과 낮이 바뀐 삶의 터전
새벽을 열기 위해
시계 바늘 알람을 맞춘다

자정을 알리는 소리
벌떡 일어나지 않으면
새벽 시장에 지각생이 된다

찬물에 후적후적 정신을 차리고
택시에 몸을 싣고
'남대문'을 외친다

어느 새 눈은 사르르 꿈 속에 잠긴다
기사 아저씨 소리친다
삶의 터전 희망을 갖고
오늘도 밥 벌러 간다

새로 쓰여질 내 인생의 명장면

하늘이 푸른 날, 유지화 교수님께서 제목을 주며 정답은 없으니 생각 나는 대로 써 보라 하신다.

머릿속이 하얗다. 어떻게 쓸까?

다양한 예문을 주셨지만 얼른 잡히지 않는다. 그런데 책상 앞 웃고 있는 손자 사진을 보니 실마리가 풀린다.

아비 없이 키운 4남매. 욕심도 부렸고 공도 들였다. 세월이 흐른 뒤 돌아보니 원하는 그림은 호랑이었는데 토끼도 되지 못한 것 같아 아쉬움이 크다.

자식은 부모의 소유물이 아니기에 나의 잣대로 바란다는 건 과욕이란 걸 한참 후에 알았다.

그러나 어쩌랴. 아이들 모두 건강하니 이것으로 감사하자. 이제 마음의 짐을 내려놓기로 한다.

그날 그날 이웃과 함께 정을 나누며 문예창작, 고전 한문 수업에 참여, 인격 도야에 힘쓰는 것으로 위안을 삼기로 하자. 다행히 손자 손녀가 전교 1, 2등을 하여 원하는 대학에 무난히 입학했고, LA에 있는 손자 역시 그 곳 사립학교에서 등수 안에 든다니 그 또한 할미의 기쁨이다.

얼마 전엔 외손자 지원이가 호주머니에서 구겨진 오천 원짜리 지폐를 꺼내놓는다.

"할머니! 용돈하세요."

자기 돈이니 할머니 가지란다. 나는 그 돈을 보기도 아까워 책갈피 속에 잘 모셔두고 그 마음을 사랑한다. 책상 위에 활짝 웃는 손자를 보며 나도 웃는다.

중학교 입학을 앞두고 할미와 함께 추억 쌓기를 하고자 단종이 계신 영월을 향해 1박 2일 기차여행을 떠났다. 이를 시작으로 별마루 첨성대도 찾았고, 오는 길에 양평 두물머리에 들러 여러 가지 역사적 사실에 대하여 이야기를 들려주었다.

가을 중국 여행에도 한문반 일행 속에 지원이도 함께 하여 상해, 소주, 향주, 오진을 다녀왔다. 상해 임시정부가 있던 곳, 독립군에 관한 이야기를 들려주고, 사람답게 사는 것에 대해서 진지하게 질문도 해보았다. 며칠, 일행과 함께 하는 동안 지원이는 인사성 바르고 품행이 단정하여 모두들 칭찬이 자자했다.

이 가을 창 밖을 보며 생각한다.

의사였던 할아버지께서 무의촌에 계실 때 이타심 강한 선행이 전북일보에 실렸듯이.

그 할아버지를 닮은 손자 녀석 또한 모든 이에게 덕을 쌓는 한국의 슈바이처가 되어 줄 수는 없을까!

엄마의 쌈지돈

중량시립요양원! 엄마는 알츠하이머 치매환자시다.

앞산이 멀리 보이고, 뜰에는 조경이 잘 되어 철쭉꽃도 만발이다.

햇살이 포근해 휠체어에 엄마를 태우고 뜨락을 거닐었다.

가끔은 벤치에 앉아 엄마의 기억을 더듬어 가족들 이름도 묻고 구구 단도 해본다. 기억은 점점 흐려져 요즈음 일어난 것은 까맣게 잊고 옛일은 조금 기억을 하신다.

구십이 넘어 치매약을 드셨으나 좋아지는 상태가 아니다.

멀어지는 기억 속에서도 주머니에 손을 넣어 무엇을 꺼내 내 손에 꼬-옥 쥐어준다. 혼자 사는 딸이 항상 당신 가슴에 짐이 되었던지 쌈지돈 석 장이 나를 울게 하였다.

나는 엄마가 술 한 잔 하시는 것을 못 마땅해 하며 싫어했는데 왈칵 서러움이 복받친다.

그래서일까? 엄마를 요양원에 모셔 놓고 돌아가시면 후회를 덜려고 자주 찾아 뵙는다.

벤치에 앉은 엄마를 한참동안 꼭 안아드리며 진심으로 미안하다고 용서를 빌었다.

엄마를 두고 돌아오는 마음은 그 곳에 머물고 발걸음은 무겁고 자꾸 자꾸 뒤돌아 본다.

문득 울컥 먹먹해지는 엄마의 쌈지돈….

세월이 흐를수록 그리운 이름, 어 머 니.

나는 사랑방 주인

나는 누구인가? 본명은 이정자, 호는 香雨. 백세시대에 언제 생을 마감할 지 모르는 80줄의 나이가 되었다.

대학 졸업 후 중학교 교사자격증을 받았고, 인맥을 쌓고자 건대 대학원을 졸업했으며 요리사 자격증도 땄다. 꿈은 있었으나 눈 앞의 짐이 무거워 진취적이지 못했던 삶이었던 것 같다. 34살에 삼남일녀와 시모님을 모시고 살았기에 나만 생각하고 살 수가 없었다.

이제는 짐을 내려 놓고 나만을 생각할 수 있는 '독거노인'이 되었다. 꿈도 희망도 하고 싶은 것도 없다. 미사에 참여하면 고통 없이 85세에 이 세상 소풍을 끝내고 훨 날아서 하늘나라에 가고 싶다고 기도를 드린다. 순간 사랑을 받는 것은 손자 지원이가 있어 잠시 행복을 느낀다고 할까?

인생의 뒤안길에서 복이 많은 친구들 앞에서 나는 할 말을 잃고 그저 멍하니 듣고만 있다. 내가 떠났을 때 나와 인연을 맺은 이들이 참 괜찮은 사람, 좋은 사람이었는데 하는 그 울림을 듣고 싶을 뿐이다.

나름대로 최선의 삶을 산다고 했지만 성공한 삶이 되지 못했고, 부모님께는 아픈 손가락이었다. 이제 모두 떠나신 그 자리가 너무 허전해 내 남은 삶을 사람의 온기로 채우려 한다.

그리하여 우리집을 사랑방이라 이름 지었다. 내가 없어도 문을 열고 들어와서 차를 마시고, 마음 놓고 인생을 논하며 허심탄회하게 이야기할 수 있는 공간이다.

매주 토요일 오전 8시에 모여 한문을 배우러 간다. 수업이 끝나면 선생님과 점심을 나누고, 2시쯤 집에 와서 4~5시간 수다를 떨다 헤어진다. 나는 아우들의 들러리이며 사랑방 주인이다.

내 인생의 봄날

내 인생의 봄날로 되돌아 갈 수 있다면 스무살 가시내로 살고 싶다.
그 이후의 일은 잊고 싶다.
장미꽃 문고리에 걸어 두고 간 사람,
데이트 신청에 노트 정리를 해준 사람,
젖소가 있으면 농장을 한다고 농장 견학을 시켜준 사람.
사직동 장미농원에 아접을 붙이고, 광천동 백합농원에 산책을 하고
세련된 일제옷 입혀 에니카 팔목시계 채워준 사람.
의사 첫 월급 받았다고 명동에서 구두와 백을 사주었던 첫사랑
아무 근심 걱정 없이 그저 사랑이 좋아 공부는 뒷전이었고, 학교 운동
장에 멋진 남자 영화배우 이민이 왔다고 친구들 창가에서 소리 지른다.
목소리도 매력 있던 사람. 부끄러워 아무 말 못했던 젊은 시절 되돌릴
수 있다면 이제는 많은 말을 하고 싶다.
처음 사랑을 알게 해준 사람과 밤 늦은 공원에서 키스도 하고 싶다.
스무 살에 있었던 일들이 내 인생의 봄날이었다. 다시 돌아가고 싶다.
졸업하던 날 우리는 기차를 타고 현재와 미래를 생각할 때 그 때가 내
인생의 봄날이었다.
꿈이 너무 커 무게를 느낄 때 나는 봄날이 지나가는 것을 느꼈다.
덩그라니 앉아 말이 없을 때 내 마음은 떠나기 시작했다.
나는 어른이 되면서 편안함을 원했고, 도전적이고 진취적인 성격은
아니라 나는 내가 먼저 결별을 통고했다. 나는 다른 남자와 결혼을 했
고, 첫사랑과는 절대 만나지 않기로 모든 흔적을 지웠다.
50년이 흐른 지금 돌이켜보니 나는 그를 보내지 않았어야 했다.
그이도 나도 불행은 마찬가지였으니까.

그는 신앙의 올가미 속에 욕되지 않은 삶을 살며, 마지막 홀로 병고에 시달리다 80을 넘기지 못하고 꿈에 보였다.

나는 그가 바라는 것이 무엇인지 알았을 때 내가 할 수 있는 것이 아무것도 없다는 것을 느끼고 떠났다.

그러다 소중한 것을 잃어버렸다.

엄마라는 이름 속에 혼자 아파하며 살게 된 세월. 신이 계시다면 하느님은 아시겠지요.

하느님은 아시겠지요.

국화 향기 맡으면

오뉴월

뙤약볕 국화차

황금잔에

다시 피어난

엄마 목소리

장정복

사회에 꼭 필요한 사람이거라

'우등생은 못 되도 결석은 하지 말자!'
이 글은 늦깎기 학생의 좌우명이다
칠순에 중국 여행 끝내고
주민센터 한문반을 용기내어 찾았다
두근두근 교실에 들어서니 빈 자리 없이
젊은 수강생들이 전부 멋쟁이다
일 교시 끝난 후 점잖은 회장님
"잘 오셨다" 수인사는 정감이 흘렀다
몇 주가 정신없이 지났다
봄 소풍을 간다니 이 봄에는 참석이 어렵다
반 세기 동안 주부로 살다가
친정 외 나들이는 꿈도 꾸지 못한 즐거움이다
새로운 만남은 지식 창고에 문이 활짝 열리는 나날이다
명심보감, 사자소학, 추구집 계몽편 등
사년 간 기초는 튼실하다
한문 입문서 첫째는 논어論語다
강북 정보문화센터에 다니는 이정자 회장의 권유로
故 安谷 金東沫 교수님 만남이다
책 한번 펼치지 않으시고 論語集註 해설은 가히 천재적이다
매주 강의에 매료된 나는 집에 와서 몇 번이고 밑줄 치면서 복
습이다

북서울 꿈의 숲

인생도 넘쳐야 흘러가는가
반 세기 전 여린 묘목들 하늘 가리네

버들은 물 속에 잠기고
향기로운 하얀 찔레 꽃
보랏빛 붓꽃 핀 애월정
삶이 힘들 때 품어준 호수
늪가 이곳 저곳 먹이 찾는 청둥오리
바위 틈새로 내리는 폭포수
갈증을 걷어낸다

서울 문화재 창녕위궁 재사
툇마루에 앉아
멀리 인수봉 저녁 놀
황혼 속 내 영혼도 빛났으면
물 먹은 갈대는 소곤거린다
앞만 보면서 살라고…

엄마 목소리

어릴 제
수평선 보이는 모래 언덕
해당화 피고 지고
철썩 철썩 파도소리
통통배 그물 만선이다

모래사랑 지천에 널린 멸치떼
엄마는 갈고리로
모랫길 내면 멸치 말린다

흰 수건 속 엄마 얼굴 땀 범벅이다
오래 전 고향 떠난 그 기와집
황국 소복소복 핀 우물가 등물하시던 엄마
"시원타! 시원타!"
귀에 쨍쨍거리네

눈마저 흐릿해진 오늘
국화 향기 맡으면
오뉴월 뙤약볕 국화차
황금잔에 다시 피어난
엄마 목소리

손녀 졸업식

손녀가 고등학교를 무사히 끝마쳤다
결석 없는 12년간 학창 시절
성실히 끝냈으니 자랑스럽다
이제 대학생이니 의젓하다
이른 새벽 허덕이며 먼 길 등교하느라 고생한 홍지혜
꽃다발 건네주니 어깨의 짐 내려 놓았다
梨花女高는 130년 전통을 지닌 여성 교육의 요람이다
백년 전 증조할머님이 다니시던 이화학당이다
할아버지와 유관순기념관, 박물관을 찾았다
우리나라 역대 여성장관, 사회를 빛낸 엘리트들
반짝이는 시선 온화한 지적인 품격
한 자리에 뵈니 가슴 벅차다
유관순 열사가 공부하던 교실에는
모서리가 낡고 색이 바랜 책상을 만져보니
백 년 전 글귀는
"목숨은 한 번 뿐이다. 대항하는 기회는 한 번 뿐이다."
가슴이 먹먹하여 그 자리에 한동안 서 있었다
순간 친정 아버지 모습이 떠오른다
아버지는 조국 광복을 보시고 영면하셨다
따뜻한 시간이다
지혜야 졸업을 축하한다

성균관 예절 교육

성균관 주최 예절 학기에 입학하였다
선비풍 남학생, 조신한 한복 차림의 여학생 안방 마님이다
수업은 논어 중 제례의식 편이다
교수진은 유교에 덕망이 크신 분이라 강의는 조용하고
고전적이며 유머스러움은 깊은 내공에서 우러나오는가 보다

관례, 혼례, 상례를 그림과 함께 시연도 하니 금방 이해가 간다
남자는 20세에 관冠을 쓰고
여자는 15세에 비녀(叙)를 꽂고
왕세자는 12세가 되면 가관加冠을 쓴다
법도를 빨리 익혀서 군자의 소임을 무리없이 습득한다
음력 초하루,
보름 한 달에 두 번 대성전에서 공자 제사를 지낸다
사람은 6세가 되면 숫자를 익히고
8세가 되면 양보를 배운다
여자의 큰 절은 오른손이 왼손 손등을 덮고
공수한 손을 어깨 높이로 수평이 되게 올리고
윗몸은 머리가 땅에 닿지 않도록 굽혀 절한다

젊은 날 교단에 섰던 자신을 돌아보니
무언가 새롭고 사회에 봉사하는 사람 되어야지
결혼이란 무덤을 뛰쳐나와 만학의 기쁨을 맛보다
한자, 한문 급수에 도전하자

주경야독으로 십 년 만에 명인까지 끝냈다

한자, 한문만 아는 척한다면 혼자만의 지식이다
앞으로는 세대간의 소통이다
젊은 세대의 생기발랄한 언어, 매너도 배우고 참여하자
의정부 경민대학 인성교육 1급
성산효대학원 예절 효교육 1급
성균관 인성과 예절 1급 수료 및 강사자격 취득
교과서 한자어 교육대학에서 사범, 훈장, 사부, 명인
교수 위촉장 수령과 함께 어깨의 짐을 내려 놓았다

모든 힘든 만학은 교육학자 박재성 박사, 청아 박미정 명인
따뜻한 온정을 베푼 이정자 회장님, 조성악 작가님
좋은 글 쓰기를 이끌어 주신 유지화 문학박사님
문창반 멋쟁이 동문들
어려움을 함께한 가족 모두 고맙습니다
계절이 눈부십니다

삶이 강물 되어

나이 들어 시집 와 나이 값 하느라
시부모 봉양 윗동서 눈치 봐
보석 같은 아들 딸 대들보 되었네

체면치레 서울 아씨 친정 가기 힘들어
막내딸 한양살이 근심걱정 태산이라
어머님 임종 못 뵌 한 늙어도 한숨 나네

귀 먹고 눈 먼 세상 손사래 쳐 봐도
세월 앞 장사 없다 일러주신 현문우답賢問偶答
인내천人乃天 맑은 물 넓은 바다 가려마

내 인생의 봄날

나는 공부벌레다
새로운 지식을 듣고 또 보면
옥편과 사전을 찾아가며
또 다른 앎과 상식을 배우고
누군가 물어도 덤으로 알게 해 주어야 마음 편하다
칠순 지나서 치매 방지로
주민센터, 학원, 박사님들의 명강의를
들을 수 있다는 것
내 생애 가장 큰 자산이다
주경야독으로
한영대학 한문 교수로 임명되었다
앞으로 백수까지 교학상장敎學相長하며
다시 오지 않는 인생사를 소상히 펼쳐서
부끄럽지 않은 진솔한 삶을 즐기고자 한다
내 인생의 봄날이 다 하기 전에
꼭 이루고 싶어라

세월은 가고
인생은
변하여도
내 마음에의
봄은
영원해요

임양재

그냥 믿어요

그냥 믿어요 나처럼
의심하지 말고 믿어 보세요
우주 만물이랑 아가를 보세요
창조주의 능력과 사랑이 보여요
의심하면 엄마도 믿을 수 없어요
보이는 것만 보고 살 수 있나요
공기가 보이시나요
역사를 보셨나요
그리고 내일 일을 아세요
거봐요 아무것도 모르면서
나처럼 그냥 믿으세요

감사하며 서로 사랑하세요
몸을 위하여 골고루 드세요
내 몸에 맞으면 그냥 입어요
아름다운 자연도 많이 보세요
쇳덩어리가 떠다녀도 그냥 타요
의심하면 배도 탈 수 없어요
기회를 잡아 먼저 쓰세요
옹달샘도 퍼내면 다시 고이잖아요
내가 보고 쓴 것만 내 것이에요
편히 사세요 나처럼 요렇게

결혼

결혼이 무어냐고 물으신다면
알고 보니 하나님의 걸작이더이다
그런 줄도 모르고 마음대로 가다가
잘못하면 길을 잃고 헤매더이다

신혼이 무어냐고 물으신다면
신비롭고 새롭고 설레더이다
너와 내가 만나 우리가 되고
에덴 공화국이 따로 없더이다

구혼이 무어냐고 물으신다면
궂은 날도 많지만 살 만하더이다
인도하심 따라 참고 사노라면
틀린 것이 아니라 다르더이다

노후는 어떻냐고 물으신다면
늙는 것이 아니라 점점 익어가더이다
세월 따라 가나 혼인집 포도주처럼
천생연분이 따로 없더이다

귀뚜라미

귀뚜라미야 오늘따라 새벽부터
네 노래가 왜 그렇게 처량하니
개미가 그러는데 가을이 가면
춥고 눈 내리는 겨울이 온대
매미랑 나비는 벌써 떠났어

그렇구나 춥고 외롭겠구나
너는 눈도 있고 뛸 수도 있잖아
그런데 너는 누구니? 나 지렁이야
네 노래를 얼마나 좋아하는지 알아
그렇구나 나 혼자가 아니었구나

너는 더 힘들겠구나 미안해
괜찮아 여기는 빛도 없지만 춥지 않아
먹을 것도 일거리도 많아 흙만 헤집어도
곡식이 잘 자라서 풍년이 온단다 그래?
내 친구 귀뚜라미야 사랑해

가을아 세월아

올해도 가을이 덧없이
지나 간다기에
혼자 보내기가 아쉬워
덕수궁 돌담길로
바람 따라 가는데

아직도 시민들 가득 모여
태극기 휘날리며
목이 터져라 외친다
이 몸이 죽어서 나라가 산다면…

웬지 울컥 하더니
발길 조차 멎었는데
가을도 차마 떠나지 못하고
서성거리는구나

세월아 이왕에 가려거든
먹구름일랑 다 몰고 가렴
금수강산에 높은 하늘 밝은 달
오천만이 마음껏 보게스리

내 인생의 봄날

내 인생의 봄날은 오늘 만나는 새봄입니다
수많은 봄을 만나고 보냈지만 날이 갈수록
새롭고 설레고 기대로 가슴 벅차 옵니다
지난 겨울도 무사히 임무 마치고 자리를 떠나고
입춘도 되기 전에 새봄이 살며시 찾아 왔어요

지난 가을 버릴 수 없어 군자란이랑 들여놓은
잡초같은 화분들이 너도나도 아롱다롱 인사합니다
그 중에 제일 군자란이 빨간 입술로 방긋 웃네요
아니벌써 겨우 입춘인데 사랑하지도 못했는데
내 곁에 있어 준 것도 고마운데 신기하네요

황금돼지해 새봄 우리집에 봄 내음이 넘치고
아가 웃음처럼 해맑은 온기가 구석구석 넘쳐요
하나뿐인 우리손자 대학입학 축하공연인가 봐요
우주의 향연 새소리 실바람 나비의 춤사위도 나풀나풀
세월은 가고 인생은 변하여도 내 마음의 봄은 영원해요

동기생 지예인

2014년 8월 중순이었다.

어느 날 불현듯 수도학원이란 단어가 머리에 스쳐 지나간다.

이상하게 며칠이 지나도 지워지지 않아 전화번호를 검색하여 문의했더니, 대강 들어도 역시 나와는 무관하다.

그렇지. 이 나이에 무슨 검정고시냐며 혼자 코웃음을 치는데 전화가 울려 받아보니 실장님이란다. 설득력이 대단하지만 나 또한 결단하면 고집불통이라 한 번 와보라는 인사로 상담은 끝났다.

그런데 와보라는 말이 귀에 걸렸다. 그래 내가 시작했으니 만나서 마무리 하는 것이 예의라고 생각했다.

6·25 나던 해 초등학교를 졸업하고 배움에 굶주렸지만 별로 불편한 줄도 모르고 뻔뻔하게 살면서 한 번도 학원을 생각해 본 일이 없었지만, 결국 실장님을 만나 철옹성 같은 내 마음이 흔들렸다.

8월 말인데, 개강은 8월부터 시작되어 수업중이었다. 제멋대로 가는 마음을 잡지 못해 갈등하다 남편에게 의논했다. 남편은 생각없이 너무 쉽게 "하고 싶으면 시작해 보라"고 응원하지만, 아무리 생각해도 할 수 없는 조건 뿐이다. 우선 등록금 등 많은 것들이 첩첩산중이었다.

그런데 어디서 용기가 났는지, 웬 힘인지 모르지만 불도저처럼 용감하게 움직여 속전속결로 9월 첫 월요일부터 등교하여 반 배정을 받았다. 우리 반은 남녀노소 20여 명의 혼합반이었는데 그 중에 최고령이다. 남녀노소가 함께 하는 조선시대 대가족을 연상케 하는 가족 같은 분위기로, 전혀 나이가 문제 되지 않는 나를 위한 특별한 배움터였다.

하지만 수업이 시작되면 너나 없이 배움의 열정으로 열공하는 모습들은 나이를 잊게 한다. 나는 본 수업만 받기도 버거운데 젊은이들은 아침 저녁으로 단과반에서 과외를 한단다. 교실에서 도시락을 나누며 재미도 있지만 긴장의 연속이다.

이때 짠하고 나타난 아이가 지예인. 예인이는 선교사 부모님을 따라 중국에 살다가 와서 10월에 우리반에 왔는데 예쁘고 다재다능하여 못하는 게 없다. 성적도 뛰어나지만 바이올린이며 성악도 잘한다. 상냥하고 부침성이 남과 달라 산소 같은 아이다.

예인이는 뒷자리에, 나는 경노 차원에서 앞자리에 배정되었다. 유별하게 할머니를 찾으며 왔다갔다 관심을 보이더니, 결국 선생님께 양해를 얻어 내 옆자리로 옮긴다. 뒤에서 보기에 할머니가 수학과 과학 시간에 쩔쩔 매는 모습이 답답했나 보다.

그때부터 99년생 예인이와 37년생 임양재가 찰떡 궁합 동기생이 되었다. 남들은 부러워하지만 솔직히 예인이 시간만 빼앗는 꼴이어서 부담스럽다. 옆에서 계속 조잘대지만 도대체 알아 먹을 수 없어 때로는 알았다고 슬쩍 넘기지만 눈치 빠른 예인이가 숙제까지 내주니 결국 뽀롱나곤 한다.

저도 밤을 새워 공부하며 애쓰는 것이 안타까워 타이른다.

"예인아, 부탁이야. 할머니는 급할 것 없잖아. 너는 서울예고가 목표라면서…. 할머니 상관하지 말고 네 공부해야지 알겠니."

"할머니, 제 걱정은 하지 마세요. 그리고 상관하지 말라는 말씀도 하지 마세요. 그렇게 하시면 시험도 못 봐요."

그러더니 한술 더 뜬다. 방과 후에 짬을 내어 과외까지 시키더니 토요일은 가끔 자기집으로 오란다. 정말 못말리는 아이다.

"할머니, 집중하세요. 왜 그렇게 못 알아 들으세요."

때로는 자존심이 상해 말 싸움이 벌어진다.

"그래, 나는 늙어서 그렇다. 너나 집중하고 잘 해. 학생으로 자세가 틀렸어. 수업 시간에 핸드폰이 뭐야. 선생님에 대한 예의가 아니야."

"그것도 염려하지 마세요. 저는 다 들어요."

참 이상하다. 딴짓하면서도 다 들린다니 그 또한 이해 할 수 없다. 하지만 덕분에 휴대폰이며 젊은이의 지식을 공유할 수 있어 큰 수확이다. 모의고사를 보면 영어·수학·과학 등 성적이 뛰어나니 혹 천재가 아닌가 싶어 부럽기도 하고 손녀처럼 기특하다.

예인이는 나 뿐 아니라 타인에 대한 배려가 애늙은이 같다. 친구 문제며 가족에 대한 배려가 깊은 아이다. 늘 시간만 있으면 이런 저런 문제를 친구처럼 의논하며, 할머니 만난 것이 자기에게 행운이란다. 믿거나 말거나 예쁘다.

어느 날 쉬는 시간에 한라봉 한 개를 주었더니 한 쪽만 먹고 가방에 넣어버린다.

"맛이 없는 건 아녜요. 아빠 드리려구요."

가난한 선교사님의 형편을 들여다보는 대목이다. 이처럼 어른 같은 예인이가 활력소가 되어 긴장하며 무겁던 우리 반의 분위기가 한결 가벼워졌지만, 역시 공부는 아무 때나 하나 하는 게 아닌 게 아닌 것 같다.

일단 녹슨 컴퓨터를 아무리 두드려도 열리지 않는 머리를 쥐어 짜며 숙제와 복습 등을 열심히 했다. 이 나이에 판·검사를 할 것도 아닌데, 웬 주책인가 싶어 때로는 자문자답하며 고뇌한다.

예인이가 아무리 애써도 내 성적은 제자리 같고, 날마다 치루는 시험 모의고사는 호랑이 보다 무섭다. 그러다 보니 눈이 반란을 일으키고 느긋한 편이지만 장난이 아니다. 하지만 이런 기회가 또 있겠는가.

6·25 나던 해 졸업하고 65년 만에 구름처럼 지나가는 기회를 망설임 없이 잡았으니 후회하지 말고 최선을 다 하자 마음을 다잡고 힘을 낸다.

의정부에서 신설동 학원까지 9시 전에 도착하려면 겨울에는 별을 보고 나와야 하지만, 학부형이라며 도와주는 남편의 외조로 등굣길은 늘 즐겁고 감사하다.

치우지도 못하고 소녀처럼 가방을 메고 운동화 신고 남편의 배웅을 받으며 집을 나설 때면 영락없는 중학생이다. 팔순도 잊은 채 발걸음도 가볍다. 워낙 어려서부터 병약하고 학교가 멀어 진학을 포기했지만, 배우기를 즐기고 읽고 쓰면서 시집도 한 권 내고 등단하면서도 검정고시라는 단어는 내 사전에 없었던 것이다.

그런데 어느 날 불현듯 만난 수도학원은 다시 찾은 학창 생활이 시작되었다. 너도 나도 때늦은 학업에 열공하는 학생들을 위하여 최선을 다하여 배려하는 선생님들, 남녀노소 동기들은 이 나이에 검정고시 학원이 아니면 맛볼 수 없는 귀한 경험이었다.

또한 아직도 잊지 못하는 것은 실장님의 학생들에 대한 관심과 애정은 특별하여 감동적이다. 나 또한 그의 끈질긴 설득이 아니었으면 일장춘몽으로 막을 내렸을 것이다.

여러분과 예인이 덕분에 2015년 전기에 합격하여 입학 8개월 만에 최단기 5월 11일 졸업식을 하면서 부르던 졸업가, "빛나는 졸업장을 타신 언니께…." 지금도 그 감동으로 울컥한다.

그 뿐 아니라 금상첨화라더니 15년도 전국 여자 최고령 합격자로 선정되어 서울시교육청 강당에서 교육감님과 이사장님, 졸업생과 내외 귀빈이 참석한 성대한 시상식에 학부형이라며 참석한 남편이 더 만족해하시니 마치 장원급제라도 한 듯이 기쁘고 감사하다.

한편 학원 빌딩을 온통 뒤덮을 만큼 대형 현수막이 내걸려 내 이름 높이 떴다. 분명 꿈은 아니었다. 갑작스러운 일들이라 당황스럽지만 가족과 지인으로부터 축하받으며 우쭐하여 자찬한다.

이사장님과 여러 선생님들이 "임양재 대단하다"며 끝까지 가자고 학업을 권했지만, 왼눈에 장애 진단을 받고 못 이기는 척 거절했다. 명분이 분명하니 미련없이 접을 수 있어서 홀가분하다.

돌아보면 길지 않은 시간에 경험하고 누렸던 감동이 지금도 파도처럼 가슴으로 밀려와 나를 배시시 웃게 한다.

이 자리를 빌어 부족한 나를 가르쳐 주고 격려해 주고 내일처럼 축하해 주신 여러 선생님들, 동기생 여러분, 우리 예인이 그리고 가족들에게 감사드리며 사랑한다.

꿈꾸는 듯 행복한 여행이었다. 신바람 나는 타임머신에 몸을 싣고 70년을 돌고 돌아 온 멋진 여행으로 보람 있고 올찬 수확이었다.

예인아 고마웠다. 여행길에 너를 만나서 참으로 행복했다. 네 말대로 너를 만난 것이 행운이었다. 세대의 벽을 넘는 교제였고 소통의 통로였다. 이제 끝이 아니라 추억의 시작이야. 너를 통하여 젊은이들에 대한 염려가 희망으로 바뀌어 어깨가 가볍다. 너도 너무 깊게 고민하지 말고 나이만큼만 생각해. 조급해 하지 말고 알았지! 할머니가 지켜볼게. 예인아 사랑해.

더욱 짙어지는
립스틱으로
두껍게 덮혀지는
친구의
그 가슴
나는 안다

나는 안다

옆에서 앓는 소리를 내는 친구
신경 주사에 전기 마사지 15분
등을 내 놓고 의사에게 통증을 말한다

담이 걸리고 이명으로 괴롭고
이석증과 대상포진
가슴이 따끔거리는 이유 모를 통증
발 끝에서 정수리까지
휘감고 있는 고독의 병

그 날 이후
친구의 핸드폰 바탕 화면에서
여섯 살 손녀의 사진이 삭제되고
자식 흉이나 사위 자랑할 때
맞장구치지 못하는 내 친구

더듬더듬 대답하는
말끝을 따라가는 젖은 눈
나를 볼 때마다 소낙비로 쏟아지는 외로움
더욱 짙어지는 립스틱으로
두껍게 덮혀지는 친구의 그 가슴
나는 안다

만났습니다

한 남자를 만났습니다
목소리가 먼저 왔습니다
내가 먼저 조르지 않았습니다
칭얼대지 않았습니다

그의 선물은 둘둘 말려 온 원고지
그의 가슴에서 나오고 싶어 하는 서너 개의 단어

나는 지남철이 됩니다
잠을 줄이고 또박 또박 그가 줄 친 큰 단어들을
친절히 중간 중간 넣으며
내 머릿속을 다 비워냅니다
그가 새까만 원고지에 흡족하면
또 말없는 남남이 됩니다

그의 손가락은 나의 게으름을 데리고
인터넷 넓은 마당에서 잰걸음으로
못 생긴 내 얼굴에 꽃단장이 바쁩니다

나의 걸음이 멈춘 신문 자판대에 내가 나서면
그와 나는 간지러운 수식어 없이
다시 가까이 만나 빙긋이 웃는 사이가 됩니다
내 얼굴이 붉어지는 한 남자를 만났습니다

한 사람

가녀려라
봄이 오는 목소리
살짝 보이는 미소
코스모스
그리 말합니다

나의 코스모스는
쓰러지지 않습니다
약한 듯 일어서고
순한 얼굴에 강한 심장
그렇게 따뜻한 사람입니다

오늘 사랑

'위차에 새겨진 글'
이웃은 같이 더불어 살아가야 할 온도입니다
먼저 내가 다가가 마음을 열면 한 울타리 가족이 됩니다
서로에게 통하는 뭉클함 그것은 사랑입니다
사랑은 뿌리입니다
사랑은 소리없이 뻗어나갈 세밀한 혈관입니다
사랑해야 합니다

설 명절 저소득층에게 쌀 10키로 주는 날
주민센터 복지 담당이 덥석 건네는 무게
두바퀴 수레를 끌면서 고개를 모르는 숨소리
굶지 않을 한 달이 이미 배부르다

5호선 서대문역 쪽지를 돌리고
무릎 꿇고 도와주십시오
2도 화상으로 세 살 아이가 있다는 남자
100원이라도 감사합니다
은행계좌 번호가 적혀 있다
눈 감은 한 칸의 침묵이 그 남자가 내리고 난 후
제각기 할 일에 몰두하는 오늘 사랑

상자 텃밭

장위 도시재생 구역 골목마다 이야기 마당
13지역 주민에게 분양하는 비료토 50키로와 화분
작물 모종이 오는 날
예술마을 만들기는 시작된다

개구 장위들 새로운 동네 친구
남녀노소 마당놀이 펼치며
화단마다 하나씩 늘어나는 푸른빛

가을 하늘 여는 새싹들이 일어나
건너가며 인사할 텃밭에서
동네 친구들 그제사 너도 나도 한 사람이 된다

언덕을 채우는 쑥 쑥 오르는 소리
상자 텃밭에서 꿈틀대는 향기
화단마다 하나씩 물드는
사랑의 하모니

동방고개

사람들 정수리가 내 발 밑에 있다
지나가는 신발들을 머리에 이고
바퀴벌레와 곰팡이와 동거한
반 지하를 벗고 계단 열 개 위로 올라왔다

단칸 월세방을 돌던 14년 동안
집 주인의 목소리는 엄동설한이었다
땅 아래를 벗어나 장위동 219-248번지
바람을 주워 담고 추위를 감싸 안는다

주택공사 매입 임대 다가구 신축 빌라
출입문 비밀번호 앞에 멈춘 걸음이 따뜻하다
입주 청소 날의 웃음은 이웃을 부르고
재계약의 잔소리가 없는 동방주택
가파른 고개에도 무릎에서 노래가 절로 흐른다

내 인생의 봄날

오늘입니다
왜냐구요
사랑하고 있어요

어제입니다
아팠습니다
사랑이었어요

내일입니다
참 따뜻해 옵니다
왜냐구요
봄이거든요

힘들어도 괜찮아

무릎을 탁 쳤다. 맞아. 내가 했던 말이다.

내가 나를 달래며 주문을 건 말 그대로이다.

"이 다음엔 또 얼마나 쉬워지려고 이렇게 나를 힘들게 하나?"

매일 밤 잠들기 전에 중얼거렸고, 매일 아침 출근하면서, 일을 하는 동안 되새김질 하던 말이다.

그 말에 눈이 번쩍 뜨여 책이 도착하자마자 쉼 없이 읽어 내려갔다.

간간이 큰 제목에 숨을 쉬면서 "그렇지, 그래!" 하는 추임새가 4년 전으로 나를 끌고 갔다.

2014년 10월부터 악마의 시간은 시작되었다. 경제적 궁핍과 궁핍을 메꾸기 위해 돌려막기 한 배짱이 구멍이 났을 때 어둠이 얼마나 깊고 외로운지 실감을 못했었다.

은행 관리 대상으로 모든 자유가 정지되고, 최소한의 범위 안에서 손발이 묶이고 기본 권리가 제재되었던 봄은 가장 잔인하고 따가운 지옥 그 자체였다.

후회와 절망으로 날마다 포기하고 싶었지만 마음은 쉽게 항복하지 않았다.

'아마 더 좋은 세상이 남아 있을 거야.'

스스로를 다독이면서 순리대로 시간을 채우며 기다렸던 때였다.

나는 정년퇴직한 직장에서 결근, 지각, 조퇴, 외출을 한 번도 하지 않았다. 9년 동안 근무한 학교 단체 급식실에서 최연장자로 계약직이 흔들릴 때마다 성실과 정직과 순종으로 아슬아슬 면책 대상으로 남았다.

아름다운 마무리로 8개월 실업급여 대상자가 되었고, 예외없는 위로금까지 받고 박수칠 때 끝낼 수가 있었다.

늘 먼저 인사하고 머리 숙이고 "네!", "네" 대답하고 솔선수범했던 것이 성공적인 노후의 열쇠가 되었다.

아마 그 때 이 책을 읽었더라면 더 쉽게 점을 찍었을 것이다.

책을 읽어 가면서 나와 동일한 관념과 결정에 고개가 끄덕여진다.

나는 지금 멋지게 자녀들에게 남은 돈을 잘 쓰는 조력자로 살고 있다. 나의 삶을 환원하고 있다. 살아온 날이 정답이었다고 격려해 주는 구구절절마다 "맞아 그랬지." 하면서 빙그레 웃고 있다.

수렁에 빠졌던 날에 같이 이겨낸 딸과 그 딸의 삶으로 자라는 손자를 위해 나는 앞으로 이 책에서 밝혀준 지름길을 따라 사회의 한 구성원으로 미래의 후덕한 그림자로 살 다짐을 한다.

다시 한 번 나를 추슬러 본다. 내 가방 손이 먼저 가는 칸에 책을 넣고 다니겠다. 틈틈이 나를 챙기는 교과서가 되어 줄 것이다. 나의 얼굴을 환하게 해주고, 나의 말씨를 공정하게 해줄 것이다. 분명하다.

타오름뜰

정명숙 · 조성악

조애경 · 한상천

마음 속
찌꺼기를 뱉어 내어
아름다운
모습으로
노래하며
살으리니

정명숙

산길을 가다가

산골에 자리 잡은 큰어머니 댁에 갔습니다
산길을 따라 남편과 사이 좋게 올라 갔습니다
가을 하늘은 높고 한낮의 햇볕은 따사로왔습니다
길가 산초 열매가 빨간 줄기에 탐스럽게 열려 있었습니다
부채살마냥 까맣게 맺혀 있는 산초는
산들바람에 춤추 듯 일렁이고 있습니다
나도 모르게 다가가서 따기 시작했습니다
가지를 꺾을 때마다 퍼져나오는 향기가 코 끝에 자극하여
가슴 깊이 전해져 옵니다

곁에 있던 남편이 한 마디 합니다
"그걸 뭣하러 따냐?" "술 담궈야지."
남편은 잠자코 지켜 봅니다
어릴 적 어머니께서 산초술을 담그셨는데
어느 날 다락에 올라갔다가 술항아리를 열어보았습니다

산초의 고소한 향기가
얼마나 좋게 느껴졌었는지 기억이 납니다
그때를 생각하며 한 봉지 가득 딴 산초를 보석인 양 쳐다봅니다
산초 알맹이는 밤 하늘의 별인 양 반짝거립니다
즐거운 마음으로
큰어머님 댁을 향해 다시 산길을 올라갑니다

146

거울 속의 나를 보며

거울 속의 나를 보며
긴 세월이 찰나로 느껴지는 이 순간
오늘은 내 얼굴이 더 크게 보이네

잡티와 주름, 흰 머리
세월이 많이 흘러갔음의 표적
그 동안의 고통과 슬픔 즐거움과 기쁨이
한데 어울려 나란히 선 모습

거울 속의 나를 보며
오욕으로 채워진 일상
노년의 나 자신 삶의 무게

정리하는 삶
축소하는 삶
토닥이는 인생길에
발견하는 내면의 모습

거울 속 나를 보며
마음 속의 찌꺼기를 뱉어 내어
아름다운 모습으로
노래하며 살으리니

작은 천사

사랑스러운 세 살배기
자랑스레 외친다
뒤돌아 보는 엄마
비스듬히 열린 문갑 서랍
그 속에 쏘옥 들어간
아가의 작은 발

아가는 팔벌려 균형 잡고
엄마를 향한 시선은 자랑스럽다
다칠 것 같은 예감
온 몸에 꽂히는 전율

마음에는 소망의 물결
가슴에는 벅찬 감동
아가의 웃음소리 메아리 되고
맑은 온기는 작은방에 가득하다

나의 작은 천사
엄마의 뇌리에는 행복이 나래치고
천상의 노랫소리 아름다워라
아픔은 기억 속에서 멀리 사라져 간다

틈새

깊은 계곡
청량한 물소리
돌 틈새였구나

매끄러운 돌무리
바위 들추었다
화들짝 놀란 가재
숨을 곳 없어
갈 곳 잃었다

이쪽 저쪽
돌틈새 가재
머리 움추려
숨죽인다

아하!
오늘 가재가
시집 오는 날

솔잎을 따다가

봄의 솔잎
뾰족이 새순이 오르면
하얀 장갑 손에 끼고
뜯는 모습 고와라

깊은 산 맑은 정기
솔잎 사이로 머물면
풍기는 내음에
마음은 고요하고

남쪽에서 불어오는 산들바람
피부를 감도는 따사로운 햇살
소복히 담겨진 솔잎의 향

자연과 어우러진
건강한 육체와 정신
풍만한 대지의 온기
가슴 가득한 봄의 향연

내 인생의 봄날

엄숙히 기도하는 목사님의 목소리
남자 중창단의 아름다운 찬양
드디어 시작되는 시상식…

아홉 명의 수상자들
각자의 호명 소리에 한 사람씩 나갔다

〈창조문예〉 사장님의 등단패와 선물
오신 분들의 꽃다발과 기쁨이 넘실댄다
파도가 출렁이듯 내 마음도 덩달아 춤을 춘다
많은 분들과 기념사진을 찍으며 오늘을 기뻐한다

밝은 빛이 반짝이며
화사한 온기는 주변을 따뜻하게 꽃 피운다
웃음꽃 피어나고
마음에는 사랑의 물결
잊지 못할 등단식에 내 마음도 숙연하다

오늘은 추운 겨울임에도
내 인생은 따뜻한 봄날이다

창호지 바르던 날

푸~우!

한 입 가득 머금은 물을 창호지에 뿜어댔습니다.

우리의 겨울나기를 위하여 아버지께서 문짝을 떼어 창호지를 다시 바르고 계셨습니다.

나와 동생들은 주변에서 맴돌며 놀고 있었고, 빼곡이 박힌 문살에 하얀 창호지가 입혀졌습니다.

빳빳이 잘 마르라고 아버지께서 물을 뿜으셨습니다.

그 옛날 우리가 아이들일 적엔 분무기도 없었고, 신발도 시커먼 검정 고무신이었습니다.

햇빛에 잘 말려진 깨끗한 문은 톡톡 치면 쨍 소리가 울려퍼졌습니다.

그런 문에 달빛이 찾아오면, 한참을 쳐다보며 잠이 들 때면 행복이 온 방에 가득히 느껴졌습니다.

어린 시절 아름다운 풍경도 이제는 모두 사라지고 기억 속에서만 생생합니다.

우리도 우리의 자녀에게 그러한 아름다운 기억을 심어주고 있는지 다시 한 번 생각해 봅니다.

쌀 씻는 소리

엄마의 쌀 씻는 소리가 음악처럼 경쾌하게 들려옵니다.

밖을 내다보니 저녁밥을 지으시는 엄마의 쌀 씻는 소리는 잊을 수 없는 음악이었습니다.

소리만 들어도 엄마가 즐거워하시는 것을 느꼈습니다.

하얗게 지어진 저녁밥을 보며 상에 둘러 앉은 가족은 거룩한 행사를 치루는 듯하였습니다.

서로 조심히 음식을 먹으며 순간 순간 행복을 느꼈습니다.

가족의 행복은 우리가 점차 자라면서 달라져 갔습니다.

서로의 일상이 바빠지자 각자 따로 놀게 되었습니다.

학교에 일찍 가는 동생, 늦게 가는 동생이 니뿔 내뿔 바쁩니다.

그 순간의 가족 간 친숙함도 기억에서 사라지고, 바쁜 세상 정신없이 살아가기에 여념이 없습니다.

이제와 돌이켜보니 그 때가 한없이 그립습니다.

살아가는
동안에는
기쁨과 슬픔
괴로운 일들이
항상
드나든다

조성악

잠자리채

하느작
하느작
고추잠자리

잡힐 듯
잡힐 듯
달아나 버렸다

형!
또 달아났어
잠자리채 휘두르며
쫓아다녔다

형!
배고파
동동 뭉게구름
돌돌 말아서
헌이 한 입
내 한 입

게임

아빠 목소리가
뚱뚱해지면
경고등

번쩍!
쾅!
엄마의 굉음
소나기가 쏟아지면
마음이 젖는다

공부가
젤 재밌다는
아래층 형
알 수가 없다

해바라기

해바라기는
여름 내내 해님만 따라다녔다

해바라기 : 해님
　　　　머리가 무거워서
　　　　목이 움직이지 않아요

해님 : 머릿속이 꽉 차면
　　　고개는 숙여지는 거란다
　　　됐다
　　　가을 학교로
　　　진학하거라

제비꽃

텃밭에는 가지 마라
꽃밭에도 가지 마라
풀밭에도 앉지 말고

봄볕 내려앉은 잔디밭
남만의 성
야성을 다듬어 피어난 보라 공주

삼짇날
반짝이는 까만 턱시도를 입고
날아 올 강남 왕자

여기
그대의 이름을 달고
다소곳이 피었습니다

뜨락에서

봄 기운이 마당 가득 머무르는 날 웃자란 나무를 전지한다.
담 너머에서 차 한 잔 하자는 꽃사모의 목소리는 봄 색깔이다.
현관에 들어서자 자스민 향이 진동을 했다.
이 안주인 차 한 잔을 빙자한 꽃자랑 의도가 분명하다.

거실은 봄이 한창이다.
꽃 좋아하기로는 이등이면 억울하고 꽃에 관한한 선배다.
나는 많은 꽃 중에서 발가벗은 돌단풍에 눈이 갔다.
깨알처럼 송알송알 달린 송이들이 곤지람도록 앙증맞다.
나는 대뜸 우리집 돌단풍하고는 틀리다고 말했다가 금방 핀잔을 들었다.
살찐 돼지로 만들었다고….
계곡 이끼 낀 돌 틈에서 물만 먹고 사는 꽃이다.
덮어 놓고 꽃을 좋아하는 것은 꽃에 대한 예의가 아니라는 훈시까지 들었다.

집으로 돌아와 월동 준비로 덜어 둔 부식토를 걷어 내고 붙은 흙을 털어내 목욕까지 시켰다.
"얼마나 칙칙했니? 말을 하지 그랬어!"
부질없는 원망을 했다.

모든 것에는 태성이 있다.
그 결을 따라 잘 다듬으면 최대의 공약수가 나온다.

우리 내외가 멋대가리 없는 꽃이라고 미워했던 것까지 보상을 해야 할 판이다.

좋아했을 뿐, 사랑하지는 못하는 것

또 너무 애지중지해서 곱게만 키우는 것

태성에 맞게 결을 그르치지 않는 것은 사람에 있어서도 이와 같지 않은가!

스승의 날에

선생님!

카네이션을 사려고 꽃집 앞을 머뭇거리다 이 꽃을 사고 말았습니다. 꽃집 아주머니 말에 공감해서요. 여린 듯 화사한 이 꽃은 햇빛 하나만으로도 꽃을 피우는 신선의 꽃이라네요. 선생님의 외유내강을 닮았습니다.

선생님!

우리가 문창반에 들어온 것은 소녀적 꿈 하나를 버리지 못해 겁없이 달려들었습니다. 이 일이 피를 말리는 작업이라 했음에도….

글밭에는 수많은 언어들이 묻혀 있지만, 그 언어들을 캐내어 주옥으로 만드는 것은 각자의 몫입니다.

취미라는 용기와 조금은 있을지 모르는 자질로 섣불리 남의 글을 폄훼하고 그랬던 일 없었나 싶어 더 조심스러워집니다.

서투른 글 내 놓고 콩닥일 때 선생님은 콕 찍어 군더더기 빼고 2% 부족함도 채워주셨지요.

아~ 이것이 연금술이구나.

올챙이는 꼬리가 떨어질 때 아프지 않았을까요. 자연 도태라서 몰랐을까요. 또 개구리는 새까맣던 올챙이 때를 기억 못할 수도 있겠어요. 글을 쓰면서도 자존 아닌 자만은 금물임을 덕목으로 삼아야겠다는 것도 느낍니다. 좀 뻔뻔해진 올챙이는 탈바꿈한 올챙이를 부러워합니다.

선생님!

문창반에 입문해서 선생님 문하에서 또 같은 취미를 가진 마음 통하는 사람들과 함께 한 지가 3년이 됐습니다. 지구는 밤낮으로 세 바퀴를 돌아 왔고요. 조금의 경력으로 마음의 여유로 동인지 출간은 좀 이른 듯 미흡해도 어떻습니까. 노자께서도 '천 리 길도 한 걸음부터 시작한다.' 하지 않았습니까.

이 책이 도화선이 되어 문림文林의 길도 열렸으면 좋겠습니다.

선생님!

이번 야외 수업처럼 돌아오는 이맘때 쯤에도 연두빛 물 오르는 월영지 못가 정자에서 자작시 하나 즉흥적으로 지어보자고 제안합니다.

또 하나 있습니다. 선생님의 못다한 얘기, 들려주지 않은 노래, 아련하고 아프기도 했고 그러나 이겨 내어 아름다웠던 날들…. 그 마음의 노래도 듣고 싶습니다. 안단테 칸타빌레로 말입니다.

戊戌年 五月 가운뎃날 제자가 드립니다.

이 청년의 봄날

이 청년은 내가 난생 처음 대주貸主가 되어 세를 내준 세 번째 입주자다. 65년생 엄마와 실업고 1년생의 민우, 중 2의 여동생. 앞집 성홍이 엄마의 소개였다.

민우와 성홍이는 초등학교 입학 동기이고, 엄마들은 이 학부모로 알게 된 친구였다. 아버지의 사업 실패로 신용불량자가 되어 이혼까지 한 결손가정이었다.

보증금 200만원이 총재산이었다. 나머지는 월세로 하자고 했다. 두 늙은이 한 달 찬 값은 될 것 같아 그러마 했고, 딱한 사정을 몰라라 할 수 없었던 것도 있었다.

스나미처럼 밀어닥친 급물살에 부대끼다 기가 빠진 듯 그들은 통 말이 없었다. 말을 걸어도 늘 단답이었다. 밥도 제대로 해먹지 않은 것 같아서 챙겨도 사양만 했고 고마워할 기색도 없었다. 늘 그랬다.

귀촌한 친구 말이 생각났다. '부담스럽고 귀찮더라는….' 그렇다고 경우가 없거나 피해를 주는 일도 없으니 깔끔한 것일까? 우리 정서는 아니다 싶었지만 그렇게 길들어 지냈다.

악덕 주인이 아니 되려고 공과금 계산을 후하게 했다. 이것마저도 불편하고 부담스러웠던지 전기 미터기를 자비로 달겠다고 했다. 결국 반반씩 부담했고, 수도세는 내가 더 내기로 했다. 식구수대로 하는 것이 관례라지만 내가 더 내겠다고 했다. 물세였기 때문이다.

민우는 취업을 하지 않고 전문대 진학을 했다. 그때부터 민우는 밝아지기 시작했다. 깔끔하고 옷도 멋지게 입는 대학생이었다.

나는 주정이 늘어 말을 걸곤 했다. 민우도 그랬다.

졸업 무렵 정장을 하고 면접을 보러 다녔다. 그러나 두 번 다시 그 멋진 정장차림을 볼 수 없었고, 그 대신 아침마다 산타 할아버지 선물 망태보다 더 큰 망태를 메고 들어오곤 했다.

"그기 뭐꼬?" "옷이요!" "팔려고?" "네!"

인터넷 쇼핑을 시작했다. 이쁘고 키가 날씬하게 큰 아가씨는 연인 사이의 사업 파트너였다. 그러다 물건이 잘 팔려서 제품상에서 직접 갖다 주었고, 재활용 쓰레기도 비례해서 많이 나왔다. 분리가 잘 되지 않아 수거를 해가지 않았다. 몇 번 개두를 했지만 고쳐지지 않아 나는 궁시렁거리며 정리를 하기로 했다.

이건 미운 정이었다. 그러다 뜸했다. 사무실을 냈다고 했다. 일취월장이었다. 지난 가을에서 패션 경향을 보기 위해 유럽을 다녀왔다.

어저께 민우 엄마가 전화를 했다. 13년 만에 듣는 전화 음성이다. 이사한다는 말에, 대뜸 집 샀느냐고 물었다. 집 사면 나가라고 했지 않았느냐고 여유 있는 농담을 했다. 위로하느라 그랬던 것 같다.

"민우도 결혼해요. 그 아가씨와?" "네."

우편함에 날아들던 독촉장들도 뜸해졌다. 얼마나 송신辣身했을까!

'살아가는 동안에는 기쁨과 슬픔 괴로운 일들이 항상 드나든다.'는 푸쉬킨의 시구처럼, 이것이 민우네처럼 인간 승리일 수도, 많이 힘들었지만 이겨 낸 민우의 용기가 가상하고 대견하다.

"청첩장 보내야 해!"

그 대답 속의 확률은 반반이다. 지금까지 했던 염치주의와 그래도 13년을 함께 한 정리 사이의 선택이다.

올 겨울은 춥지 않았고, 봄은 코 앞에 와 있다.

민우는 이 어려운 숙제를 풀고 찬란한 계절에 장가를 간다.

그냥
옆에만 있어도 좋고
편안한
위로가 되어 주는
이가 좋다
묵은지 맛과 같은
사람이 좋다

조애경

내 인생의 축복

내 인생의 축복은 가족들이다.

지겨워서 그 울타리를 벗어나 내 마음대로의 삶을 살아보고 싶은 생각이 나를 사로잡을 때도 있지만, 그래도 내게는 소중하고, 축복이고 삶을 이끌고 버티어 준 것은 가족들이다.

결혼해 아들딸을 낳았을 때는 어린 생명을 잘 키워야 한다는 책임감에 마음이 무거웠다.

내 생각에 부족함 없이 잘 키웠다. 어쩜 아들딸이 나를 키웠을지도 모른다. 내 나이 스물셋, 넷에 엄마가 되었으니 말이다.

고맙게도 큰 속썩는 일 없이 공부도 잘하고, 부모 말에 잘 순종하고, 신앙 생활을 잘하면서 큰 어긋남 없이 자라 주었다.

나의 자랑과 힘이었다.

남편은 일관성 있게 자기 자리를 지키고 사는 안정적이고 성실한 사람이다. 직장생활 37년 동안 성실히 해주어서 생활을 안정적으로 할 수 있게 기초를 놓아 주었다. 아이들 공부 마칠 때까지 힘이 되어 주고, 결혼시켜 가정 잘 꾸릴 수 있게 해주고, 제 2의 중년에서 노년의 삶을 편안하게 살게 해준 고마운 사람이다.

다정다감한 사위, 인사성 밝고 순수한 마음 가지고 있는 며느리, 말 잘하는 똘똘한 네 살 주하, 푸근하게 보이는 아저씨 같은 포즈의 50일인 서준이, 내 인생의 축복과 하늘에서 보내 준 귀한 선물과 자랑거리이다.

묵은지 같은 사람

묵은지 같은 사람이 좋다.
절인 배추에 온갖 양념을 넣은 후
이삼 년 푹 익힌 묵은지
물에 씻으면 배추의 속살이 드러난다.
마른 멸치, 다시마, 된장, 고소한 들기름 넣고
물을 붓고 푹 끓인다.
보글보글 끓기 시작하면
구수하고 시큼한 냄새가 솔솔 풍긴다.
흰 쌀밥에 길게 찢은 묵은지 걸치고
국물까지 후루룩 후루룩 한 입 떠 먹는다.
구수하고 감칠맛 있고 소화도 잘 된다.
묵은지 같은 사람이 좋다.
삶의 어려움을 아름답게 통과하여
푹 익어 성숙한 맛을 내는 사람이 좋다.
오래 사귀어서 서로의 마음을 잘 알고
아! 하면 어! 할 줄 알고
그냥 옆에만 있어도 좋고
편안한 위로가 되어 주는 이가 좋다.
묵은지 맛과 같은 사람이 좋다.

치자 열매

치자 열매를 방망이로 부수어 물에 풀면 예쁜 노오란 물이 나온다.

동치미 무에 치자의 노오란 물과 소금의 짭쪼름함을 넣고 겨울 짠지를 담았다.

권사님이 꽃꽂이 하며 가지에 매달린 치자 열매를 가져가라 한다. 버리려다가 치자 노오란 물로 빈대떡 부쳤던 생각이 나 내가 가져갈게요 했다.

치자꽃은 5월에서 7월에 만개하여 꽃 향기가 만 리를 간다고 할 정도로 황홀해서 향수로도 인기도 좋다.

치자 열매는 열을 내려 주고 피로 회복과 식욕 증진 약재료로 쓰인다.

치잣물은 천연 염색과 치자 색소로 단무지에도 사용된다. 순백의 치자꽃 꽃말은 '한없는 즐거움, 행복, 청결, 순결'이다.

꽃에서 열매 뿌리까지 우리에게 모든 것을 주기 때문에 한없는 즐거움이 꽃말인가 싶다.

노오란 치자 물감과 짭짜란 소금맛이 하이얀 무에 예쁘게 물들어가고 있다. 맛있는 짠지가 되어가고 있다.

추운 겨울 지나, 봄을 지나 초여름 반찬도 없고 입맛 없을 때, 노랗고 짭조름한 아삭아삭한 짠지를 흰 쌀밥에 올려 먹으면 입맛도 살아나고 밥도 꿀맛이다.

나는 무슨 물이 들어가며 시간과 세월을 보내고 있는지 곱디고운 물에 물들어져 가고 싶다. 혹여 더러운 욕심과 검은 것으로 물들어 가고 있지나 않은지 생각될 때는 나눔과 베품 주위를 돌아보게 된다.

'군자는 행위로 말하고, 소인은 세 치 혀로 말한다(君子以行言 小人以舌言)'는 글귀를 마음에 새긴다.

꽃무늬 원피스

지인 한 분이 세상을 떠났다.

이제 오십인데…, 사고로 순식간에 이 세상을 떠났다.

내년에는 "꼭 꽃놀이 간다"고 여러 번 얘기했다는 말이 내 생각에 머무른다.

어려운 살림 혼자 짊어지고 살아왔는데…. 이제 자식들에게서 벗어나 홀가분하게 살 나이일 텐데…. 예쁜 옷 입을 나이에 베옷을 머리부터 버선까지 신고 누워 있었다.

'잘가요 힘든 세상 사느라 고생했어요. 딸 걱정하지 말고요.'

그 분의 운명은 거기까지이다. 안 된 사람이다.

옷에 그다지 신경 쓰며 살지 않는 나에게 한참을 생각나는 순간들이었다.

하늘 나라 이사 가는 시간은 모르지만, 나도 언젠가는 떠나야 하는 이 세상이다. 봄 향기 나는 꽃무늬 원피스 꺼내 입고, 진주 목걸이로 단장한 뒤 거울 앞에 앉아 화장하면서 나에게 속삭인다.

"이쁘네 이뻐! 수고했어."

내 살아 있는 동안 가족 친지들과 화목하고 편안하게 지내야 함을 생각한다.

오늘 하루는 그 누군가가 그토록 살고 싶어했던 하루였던 것을 기억하며, 열린 마음과 감사하는 마음으로 내 삶을 맞이해야겠다.

속삭이는 자작나무

인제 자작나무숲을 보러 가는 날이다.

일요일 밤부터 잠을 설친다. 아침 6시 15분 집을 나섰다. 남편이 서울역 5번 출구에 데려다줘 관광버스를 탔다.

문창반 모두 타고, 백 선생님만 잠실에서 타셨다.

아침으로 찰밥과 반찬 3가지 맛있게 먹으면서 강원도로 달린다.

문창반 덕분에 양순자 여사와 즐거운 여행을 떠난다.

여행하면 먹는 즐거움, 어울리는 즐거움, 이야기 즐거움, 창문 밖 풍경 보는 즐거움 등이 일상의 잡다한 근심걱정을 사라지게 해 마음을 가볍게 한다.

생긴 그대로의 세련되지 않은 기사님의 투박한, 억지로 웃기는 듯한 안내 멘트가 나온다. 좌석이 반 밖에 안 차서인지 문창반이 안 갔으면 버스 운행도 안될 뻔했다 한다.

하늘은 정말 맑고 푸르렀다.

버스에서 내려 언덕을 오르는 산길을 걷는다. 눈이 약간 있고, 또 미끄러운 데도 있다. 파아란 하늘의 언덕 고개를 계속 오르다 내리막길 언덕 아래에 자작나무가 쫙 펼쳐져 있다.

자작나무는 불태울 때 "자작 자작" 소리를 낸다고 해서 붙여진 이름이란다. 나무의 의미는 "당신을 기다립니다"란 뜻이란다.

하얀 눈 그리고 그 안에 흰 살을 드러내며 늘씬하게 쭉 뻗어 올라간 나무들은 동화 속에 나오는 장면들이었다. 높이 20미터까지 자라는 자작나무는 "숲의 여왕"으로 부르기도 한다. 박달나무처럼 단단한 자작나무는 가구 재료로도 사용된다. 또 종이처럼 얇게 벗겨지는 껍질은 옛날부터 종이 대용으로 그림을 그리거나 글씨를 적는데 사용되기도 했다.

합천 해인사 팔만대장경의 일부는 자작나무라 알려졌고, 경주 천마총 말안장을 장식한 천마도의 재료도 자작나무 껍질이다.

자작나무는 추운 곳에서 자라 대부분 중부 이북의 산간 지역에 자리하며, 남한에서는 태백·횡성·인제 등 강원도 산간 지방에서 볼 수 있다. 그 중에 인제는 대표적인 자작나무 군락지이다.

원대리 자작나무 숲은 1990년 초부터 조림되기 시작했으니, 스물을 넘긴 청년 자작나무들이지만 대중에게 알려지게 된 것은 2012년 10월부터이다.

날씨가 추운 탓에 자작나무를 더 충분히 즐기지 못한 아쉬움을 뒤로하고 춘심이네 식당으로 향했다. 기사님 말대로 기대 안했는데 청국장, 총각무, 멸치 콩자반, 황태구이가 일품이었다. 그 중 황태구이와 진빨강 총각무는 입맛을 돋우었다.

연희 언니 밥까지 반 그릇을 더 먹었으니 1kg은 몸무게 추가 되었다. 먹는 즐거움을 다시 또 확인하는 시간이었다.

그러나 내려오는 길은 오를 때와 달리 미끄러웠다.

모두가 두세 번씩 미끄러질 위험에 처했다. 특히 장 선생님이 넘어져 팔을 다친 것이 마음 아프고 속상하다.

겨울 산행 옷만 두껍게 입을 생각만 했지 등산화, 스패츠, 아이젠, 지팡이가 필수 장비인 걸 확실하게 느꼈다. 여행은 함께 한 모두가 안전 산행이 가장 중요하고 기본이다.

장 선생님 힘 내세요. 속히 회복되길 기원합니다.

장수 돌침대냐?

한바탕 웃음.

양순자 작가가 글을 낭독한다.

"문장력, 감동, 재미, 아름다움이 함께 어울어졌어요. 선생님 만의 개성 있는 문체였어요."

유지화 교수님의 평이다.

엄마는 잘 듣지 못하지만 좋은 말과 칭찬은 다 아신다.

그래서 "엄마 잘 썼네"하고 내가 설명을 한다.

글 윗쪽에 별 다섯 개를 그렸다.

문창반 교우들과 헤어지기 싫고 날씨도 쌀쌀해 모두들 뜨뜻한 국물 한 그릇이 생각났는지 중국집으로 향했다.

장 선생님이 음식값을 낸다, 양 작가님이 낸다, 반장님이 서로 음식값을 계산한다며 서로 서로 난리들이다.

"줄을 서시오. 줄을 서시오."

오늘은 장 선생님이 당첨되었다.

양 작가님은 80세에 집을 사 수리하느라 귀가 들리지 않고, 한문과 예절 법도를 몸소 보이는 훈장 선생님 같은 장정복 선생님은 건물을 짓기 위해 조합장 역할과 일 추진을 마무리 하느라 윗니가 다 빠졌다는 얘기, 연대보증으로 100억대 재산을 잃고도 사대부집 마님답게 고운 자태를 하고 계신 노옥자 선생님의 이야기 등 그 동안 각자 살아온 이야기 꽃을 피웠다.

빨갛고 매운 짬뽕 국물과 국수를 맛있게 먹고 각자의 삶에서 얼마나 애쓰며 최선을 다하고 극복하고 살아왔는지 이 나이에 문창반에 글 쓰러 나올 수 있는 것 자체가 성공한 인생이라고 정의를 내려주셨다.

성공한 인생들 별 다섯 개다.

콩나물 사가지고 택시를 타고 왔다.

엄마가 택시 속에서 묻는다.

"별 다섯 개…, 선생님이 주라 하셨어?"

"아니? 내가 잘 썼다고 별 다섯 개 주었지. 다음에는 별 여섯 개 줄까?"

이 말에 양순자 작가님이 재치 있게 받아 넘긴다.

"장수 돌침대냐? 별 다섯 개게."

집에 돌아오는 길, 웃음 꽃이 오랫동안 피었다.

침대에 누웠다가도 '장수 돌침대냐?'는 그 말이 하도 웃겨서 웃고 또 웃는다.

송혜교 정말 예쁘다

"송혜교 정말 예쁘다!"

감탄하며 툭 내뱉는 남편의 한 마디로, TV 드라마 「남자친구」 최종회까지 보고 나서 하는 말이다.

순간 내 마음과 생각에 훅 올라오는 말이 있다.

"이뻐서~ 데리고 살던지."

한 마디 퉁명스럽게 하려다가 침묵하고 방으로 들어왔다.

여보 당신의 '참 예뻤다'라는 말을 듣고 싶었는지도 모른다.

"그때 예뻤었지."

"그때 내가 정말 당신 좋아했는데."

"그때 정말 고마웠고, 이젠 그런 모습은 없지만, 그래도 내 눈엔 당신이 제일 예쁘다."

이 한 마디 해주면 지금의 삶이 더 즐겁고, 지난 세월에 상받은 기분일 텐데 말이다.

기대도 하지 말자. 섭섭하게 생각지도 말자.

앞으로는 그런 말은 들어보지도 못할 것이니 그만두자.

아~아 미련을 버리자.

장동건, 송중기, 이승기, 박보검 줄줄이 잘 생긴 남자 연예인이 있어도 나랑 같이 얘기도 못 하고 밥도 같이 못 먹는다.

TV에선 아주 멋있고 근사하게 세련된 매너와 다정다감한 말투의 드라마 대사는 사람의 마음을 훔치고 사로잡는다.

남편이 철이 안 든 것인지 아니면 내가 재미없고 대리만족의 눈의 즐거움도 미리 차단하는 것인지는 모르지만, 내 사소한 감정과 마음을 포기하며 바꾸며 변화하고 적응하면서 살아온 지 오래다.

남편 한 사람을 선택함으로서 시집 식구는 패키지로 따라왔다.

그렇지만 난 우리집 다섯 남자가 좋다.

남편은 든든해서 좋고, 아들은 내 자존심을 세워주어 좋고, 사위는 다정다감해서 좋다.

외손주는 똘똘해서 좋고, 친손주는 아저씨 같은 푸근함을 느끼게 해주어 좋다.

다섯 남자가 각자의 특기를 살려 멋진 남자가 되어 주었으면 하는 바람이다.

넌
잘 살고 있는 거
맞는 거지?
나에게 물어본다
뿌듯한 지금
내 인생에
봄날인가 싶다

별난 칠순

칠순 때 이야기다.

혼자 생일을 한두 번 지낸 것도 아닌데 이번엔 내 마음이 좀 얄궂다.

해외에서 거주하는 아들 내외가 죄송하다는 편지와 금일봉 보내왔고, 딸 내외와 함께 미리 식사도 했으며 선물로 축하도 받았다.

또 우리 이쁜 올케 주선으로 여자 형제들만 서천으로 1박 나들이도 다녀왔다.

이 정도면 된 거 아닌가. 너 지금 이름 있는 생일이라구 투정이니?

아무튼 2% 부족한 허전함은 뭘까?

퍼득 떠오르는 생각 하나.

이웃에 왕할머니 몇 분 모시고 소풍 가기로 했다.

손수 김밥을 싸고, 달달한 식혜는 살짝 얼려 과일 등을 챙겼다.

준비한 것들을 장바구니에 담아 손수레 끌고 집 앞 꿈의 숲 공원 초입에 자리를 잡았다. 일곱 분 중 구십 노인이 세 분이나 계셔 많이 올라가는 것은 무리였다.

가게문까지 잠그고 무슨 일이냐고 모두 궁금해 한다.

할머니랑 추억 만들기 하고 싶어서니 우리 재밌게 놀자고 했다.

그 날 할머님들의 최고 입맛은 순살 치킨이었다. 맛있게 잡수시는 모양이 행복한 표정이었다. 부탁도 하기 전에 기분이 업되어 손뼉을 치며 구성진 노래 가락을 뽑으신다.

이러면 되는 것을, 깜짝 이벤트 부메랑의 이 행복이면 되는 것을….

나만 별난 건가?

나에게 물어본다?

만감이 교차한다.

독거노인이 어디 나 뿐인가?

설 명절이라고 통장님은 빈 집에 쌀 10kg을 놓고 가셨다.

주는 자가 되고 싶었는데 받는 자가 되었다.

이렇게 마음이 약해질 때면 나의 짝사랑 멘토님이 생각난다.

월요일 행복과 의욕이 넘치는 그 분을 만나면 또 다시 힘을 내본다.

선물 받은 쌀로 노릇노릇 고소한 누룽지를 둥근 보름달 모양으로 정성껏 만든다.

하루는 이태원 큰집에, 또 하루는 부천 언니네, 설날엔 인천 엄마네를 찾는다.

식혜 두 병과 누룽지 열 장이 나의 선물 전부였다.

다음 날엔 친구들이 찾아왔다.

기름에 튀긴 누룽지에 설탕 솔솔 뿌렸더니, 어느 한과가 이리도 맛있겠냐며 수다의 꽃이 핀다.

외롭다던 설 연휴도 지내기 나름이다.

넌 잘 살고 있는 거 맞는 거지?

나에게 물어본다.

그땐 그랬는데

어릴 적 등굣길.

보자기에 책 두 권 둘둘 말아 허리춤에 찔근 메고 학교 가는 길이 신나는 날엔, 요리조리 폴짝폴짝 뛰어가면 양철 필통 속엔 연필 한 자루가 달그락 달그락 소리로 장단 맞추었다.

집에 오면 책 보따리 마루 끝에 던져 놓고 놀러나가도 우리 엄마 야단치신 적 없었다.

동생만 데리고 잘 놀면 그것으로 만사 오케이였다.

아마 형제가 많아서 그랬나보다.

서산에 해가 뉘엿뉘엿 질 때까지 정신없이 놀다 보면, 어머니가 부르는 소리가 온 동네에 울려 퍼졌다.

"00 아무개야, 밥 먹어라!"

그 때는 손을 씻지 않고 밥 먹었지만 위생적으로 탈 나는 일 없었다.

부모님 세대엔 모든 물자가 부족하고 어려웠던 시절이었지만 가족 계획은 없었다.

아이가 많으면 셋집 구하기도 어려워 시골 친척집에 맡겼다가 얼마 후 데려오는 그런 모습도 흔하게 볼 수 있었다.

그랬었는데 급기야 '아들딸 구별 말고 둘만 낳아 잘 기르자'는 캠페인을 정부가 펼치던 때가 우리 세대였다.

보건소에서 가가호호 방문하여 피임 교육을 가르쳤으며, 집 담장 넘어 아기 기저귀가 널려 있는 집엔 1순위로 찾아다니며 피임을 권하던 시대였다.

연년생으로 아이 셋 데리고 버스를 타면 미개인 보듯 따가운 시선으로 보던 때였다.

그 아이들이 초등학교 입학할 때 교실이 부족해 오전 오후반으로 나뉘어 한 반에 학생수가 60명도 넘었던 시절이었지만 지금은 한 반에 20명도 안 된다.

 또 임신하여 배가 부르면 임신 사실이 부끄러워 감추기 바빴었다.

 그런데 지금은 어던가?

 임산부를 만나보기도 어렵지만 당당하게 불쑥 내민 배가 고귀해 보인다. 축하해 주고 한 번 만져보고 싶은 마음까지 충동질을 한다.

 다둥이 집이 애국자가 된 우리나라 그땐 그랬는데….

이별의 기다림

아버지를 1960년 인천부평 공동묘지에 모셨다.

그런데 부평시에서 가족공원을 조성한다는 안내문을 몇 차례 보내더니, 급기야 2018년 2월 말까지 이장하라는 최종 통보가 날라왔다.

1월 27일, 마지막 제사 모시고 분묘를 개장하였다.

흔적도 없는 관은 옹이 뿐이고, 대퇴부와 치아 몇 개, 뼈 몇 조각만 남아 있을 뿐 모든 것이 흙이 되어 있었다.

이 세상보다 저 세상에서 더 긴 세월을 지내신 아버지 생각에 가슴이 먹먹했다.

엄숙한 분위기 속에서 화장을 하여 산골하였다.

헌데…, 또 다른 아픔이 가슴을 친다.

안 계신 아버지의 슬픔은 문제도 아니다.

60년 전, 올망졸망 우리 사남매 이렇게 잘 지켜주신 어머니께서는 대접받아 마땅하다. 그런데도 백세가 넘어가면서 당신의 죽음을 재촉과 죄책까지 하신다.

얼굴엔 웃음기는 물론 덤으로 사는 인생이라며 하나님께 매일 기도하는데 왜 안 데려가는지 모른다는 투정까지 부리신다.

하나뿐인 남동생은 어머니 생전엔 우리가 모시자는 약속을 올케는 40년을 지키고 있다.

큰 소리 없이 무탈하게 지내는 고부 사이가 친정 생각날 때면 늘 마음이 든든했는데. 이젠 어머니의 조바심에 마음 아프다.

이제라도 그런 엄마와 살을 비비며 지내면 어떨까 생각해 본다.

외골수에 융통성이라고는 눈 씻고 봐도 없는 동생의 한 마디가 가슴에 메아리친다.

"계신 곳에 계셔야지. 이 연세에 어딜 왔다갔다 하시겠어."

틀린 말이 아니기에 더는 우길 수도 없는 일이다.

이별을 기다리는 어머니의 얼굴이 자꾸 떠오른다.

어머니의 높은 은혜 땅과 같고, 아버지의 높은 은혜 하늘과 같지만, 사람의 생명은 유한하여 누구나 나이 들면서 아프고 죽을 수밖에 없다.

그리하여 아무리 시간이 흐른다해도 이별의 흔적들은 사라지지 않고 그 상처의 아픔을 점점 무뎌지게 해줄 것이다. 어쩌면 아픈 이별의 흉터는 평생 아물지 않고 마음 속에 계속 남아 있을지도 모른다.

그러나 준비한 사람의 죽음은 아름답다고 했다. 이제라도 생애를 멋지게 정리하도록 성심껏 도와드려야겠다.

호박죽의 멜로디

언제나 새벽 5시 반, 알람소리에 이불을 박차고 동네 앞 숲 공원 둘레
길을 걷는다.

40분을 걷고, 잘 갖추어진 운동기구에 20분 근력운동하고 집에 오면
한 겨울이라 날도 안 밝았다

따뜻한 요 밑에서 날 유혹한다

이른 출근시간에 담배나 우유 사러 오신 손님 문 소리에 벌떡 일어나
드리고는 또 다시 눕는다.

그런데 내 배에서 꼬로록 꼬로록 소리가 난다.

손을 가만히 배 위에 얹고 속삭였다.

"배고프니?"

"우리 어서 밥 해서 먹을까?"

"음~~~!"

"반찬은 무슨 반찬?"

"음~~~!"

"김치 계란찜 어때?"

이번엔 꼴꼴 고로록 꼴꼴꼬로록 한다.

무슨 라디오에 음향 효과 소리라 해도 손색이 없다.

아~ 아! 그랬다.

어제 저녁에 성희 엄마가 갖다준 호박죽이 소화가 잘 되어 들려주는
멜로디였다.

내 인생의 봄날

딸네는 아이들 아토피가 심해 남양주 수동 물 좋은 계곡 골짜기로 이사를 했다.

그런데 얻은 것이 있으면 잃는 것도 있다고 했던가.

아토피는 고쳤지만, 교통이 불편한 거리에 거주하다보니 10년 넘게 엄마, 아빠가 등하교를 해줘야만 했다.

학원은 엄두도 못내고 문화생활 또한 대도시보다 열악했다.

그래서인지는 모르지만 첫째 손녀가 서울에 소재한 대학이 아닌 지방대학에 진학하게 되어 가족 모두의 아쉬움이 컸다.

인터넷 강의로만은 성적이 힘들었나 보다.

"공주님! 지방대라도 인근에 친할머니도 계시고, 무엇보다 국립대에 네가 원하는 과에 합격했으니 앞으로 더 열심히 화이팅하자."

내 마음도 아쉽고 섭섭했지만 쿨하게 달랬다.

그리고 딸네 부부에게 입학금에 기숙사비까지 준비한 봉투를 내밀었다. 부부가 깜짝 놀라며 손사래를 친다.

"없는 사람의 돈이 더 빛나고 값진 거야. 손주에게 멋진 할머니 되고 싶어서 그러는 거야."

그 동안 손주가 대학을 진학하면 장학금을 줄 목표를 세우고 즐겁게 아르바이트 하며 모은 돈을 건네주는 내 마음 또한 뿌듯하기 그지없다.

이 모든 것이 내 인생의 봄날인가 싶다.

회상

꿈도 많았던 50년 전
하아얀 면사포 썼던 봄날

첫 아이를 만난 봄날

남편을 하늘 나라에 보내야만 했던 봄날

슬펐던 일
기뻤던 일이 함께 했던 75번째 내 봄날은?
남매 키워 사는 것 바라보는 것일까

외국에 거주하는 큰아들네 가족과
일주일에 한 번씩 보약 같은 전화 통화로 회포 푸는 것
알콩달콩 사는 딸네 가족을 지켜보는 것
그러나 보고 싶은 아쉬움은 어쩔 수 없다

초 대 의 뜰

유지화

이런 날
창 너머엔
화두로 걸려오는
사랑은
한지에 먹이 배듯
절로
스며드는 거

유지화

그런 봄날 있었다

적막이 둘러앉은 육지고도 요양병원
노래 잃은 창 틈 사이 별만 총총 빛났다
휠체어 빛바랜 빈 의자 어스름만 고였다

심해의 어디쯤에 휘어 도는 물목쯤에
물살에 몸 맡기며 유영하던 물고기떼
천적의 공격을 피해 온몸으로 솟구친다

그럼에도 우리 인생 봄볕 같은 꿈길이라
말 잃은 울엄니도 파도 타는 날치떼도
살구꽃 얄리얄랴셩 그런 봄날 있었다

자작나무 정상회담

자작자작 자작나무
야베스 기도의 나무
산바람 불어와도 여백 없이 몰아쳐도
추워서 더 빛나는 나무

눈부셔라
숲이 햇살을 불러 나무의 등피를 닦았구나
하늘은 문을 열어 소식 같은 눈송이를 뿌렸어

눈 쌓인 자작나무 설원雪原에 팔부능선 산자락에
나무들 정상회담 시작했어

그렇구나
정상에 선다는 건 스스로 낮아지는 일
정상에 선다는 건 모여모여 배경이 되는 일
정상을 산다는 건 너에게 너에게로 깃드는 일
정상을 산다는 건 맨살이 마디마디 터져도 하야니 웃어주는 일

꽃의 서시

암 말 없이 기다려야
꽃이 된다네요

남루히 필 바에는
눈빛 되려 숨기라네요

지나는
바람까지 도울 때
그때, 피는 거래요

인생 동화 동창회

詩 한 줄 읽지 않은 돌래마을 복순이

일마다 인생 로또 다락 같은 선심 공세

'애들아 쿠루즈여행 어때, 비용은 내가 쏠게'

詩 백 수 눈 감고 외는 상신리 태준이

때마다 인생 쪽박 율律을 잃은 아리아

'쩐이여, 참을 수 없는 존재의 부당함이여'

벚꽃, 달빛을 쏘다

요요한 벚꽃들이 섬진강에 범람합니다

지상에 강림하신 사월의 화신입니다

이 땅은 천국입니다

남해 벚꽃 만발한

신화 속 가시버시 활시위를 당깁니다

일제히 벚꽃들이 달을 향해 날아갑니다

만개한 봄밤입니다

천상천하 아득한

정조를 그리다

장안문 여는 뜻이 복사꽃 그 아니겠나
마음 심은 돌 하나 마음 다진 벽돌 한 개
역사의 주춧돌 놓아 팔달문도 열었네

한양 땅 강나루터 달은 하마 기울었나
수류정 봄버들이 머리 풀고 받든 교지
탄생전誕生殿 비원의 흑룡도 수원성에 기렸네

님께서 떠나간 날 그 겨울 그리 가고
만백성 가슴 가슴 젖어들던 찔레꽃
성벽에 기대어서서 새겨 보는 이름 하나

사람이 그립다

사람이 그립다.

철학의 부재, 윤리의 부재인 이 시대, 연일 일어나는 사건들이 우리를 슬프게 한다. 충격적인 인권 유린은 우려를 넘어 실망을 주고있다.

마음이 어수선할 때는 백석의 시집을 꺼내든다.

"가난한 내가 아름다운 나타샤를 사랑해서
오늘밤은 눈이 푹푹 나린다."

이렇듯 아름다운 시를 쓴 백석. 그 백석을 사랑한 자야, 김영한.

길상사는 성북구 성북동에 있다. 제법 먼 거리였지만 길상사까지 걷기로 했다. 도심 속 오아시스처럼 길상사의 수려한 수목은 예나 지금이나 세속의 미망迷妄을 잊게 해준다.

작은 연못, 하얀 연꽃 또한 자야의 순결한 사랑을 상징하듯 깨끗하게 피어 있다. 약수터 도라지꽃은 자야의 손길과 백석의 아름다운 시심이 깃든 듯 함초롬히 빛나고 있다.

천 억 재산보다 백석의 시 한 줄의 가치를 더 귀히 여긴 자야. 백석에 대한 그리움으로 백석의 생일이면 하루 동안 일체의 음식을 입에 대지 않고 금식했다는 자야.

자야는 백석의 "산꿩도 섧게 울은 슬픈 "에 마음이 갔을까. "쌀랑쌀랑 소리도 나며 눈을 맞을 그 드물다는 굳고 정한 갈매나무"에 마음이 쏠린 것일까.

8월의 한나절, 명상의 공간 〈침묵의 집〉 앞에 섰다.

잠시 걸음을 멈추고 가슴 아픈 사회 현상을 묵상해 본다. 물질 지상주의가 만연한 우리 사회, 사람들은 너무나 속도 위주로만 질주해왔다.

전 생애를 바쳐 한 사람을 향해 헌신한 김영한의 세월을 따라가 본다.

분명한 것은 사랑은 낭만도 아니요, 관념도 아니라는 것. 사랑은 우리네 삶의 영원한 화두이고, 진정한 사랑은 상대방으로 하여금 구원의 힘을 주기도 한다.

그러나 남녀 간의 사랑만 논하기엔 시절이 너무 각박하고 힘들다.

양떼구름 만개한 날, 김영한의 숨결인 듯 목백일홍 한 그루 길상사를 밝히고 있다.

사람이 그립다.

아름다운 사람이 그립다.

절체절명의 순간, 민간인의 피해를 줄이기 위해 비상착륙을 시도하다 산화한 다섯 소방관이 그립다. 일평생 자신의 농토를 꽃밭처럼 가꾸며 정직하게 살아가는 농부의 넉넉한 웃음이 그립다.

어떤 유익 앞에서도 자존심을 바꾸지 않겠다던 밀양의 K시인이 그립고, 인종과 국가를 넘어 한국인보다 더 한국을 사랑했던 호머 헐버트 박사가 그립다.

가을이 오고 있다. 입추가 지나니 하늘이 높고 푸르다.

이 세상 모든 보고지운 만남들을 위해 그리움의 자작시 한 편 가을바람에 부친다.

소낙비
퍼붓더니
물소리 깊습니다

그 물결
조약돌을 굴리며
한 이름을 긷습니다

이 소리
내 귀에 닿기까지
숱한 해가 돌았습니다